Franz Schuh · Das phantasierte Exil

Franz Schuh

Das phantasierte Exil

Essays

Ritter Verlag

ISBN 3-85415-088-1

Satz und Druck: Ritter, Klagenfurt
Umschlaggestaltung unter Verwendung eines
Bildes von Robert Schöffmann

Inhalt

Selbst-Darstellung 7

Reges Phantasieren 9

Antikes Kino 14

Das Talent in der jüngsten Premiere 21

Jahreswechsel 76
Aus einer Neu-Wiener Lebensgeschichte 32

Das MG 42 in der Geschichte 42

Aus dem wirklichen Leben 51

Beschreibung eines Wunsches
Die Grazer Autorenversammlung als Paradigma eines Schriftstellervereins der siebziger Jahre 53

O mein Papa war eine wunderbare Mann
Einem vollkommen unbekannten Kärntner Dichter gewidmet 95

Ausflüchte 117

Am Dritten Holzweg
Ein Beitrag zur direkten Monotonie 119

Zukunft als Neurose 148

Editorische Notiz 154

SELBST-DARSTELLUNG

Ballad!

Im Namen des Vaters
und der Sprachmutter
wird uns die Muttersprach.
Schraub auf, schraub
und sprich dir leicht,
nichts, was dir gleicht,
ist sprach & lach,
du finisht Wort
und öffnest tat.
Am Anfang ist der Sinn,
das Seyn beziehungsweise:
die sprach ist Rache an der sach,
die sache Rache an der sprach
o ödipus, sei leyse.

Reges Phantasieren

Sie werden, wenn Sie das gelesen haben, eine Selbst-Darstellung gelesen haben. Darf man ein Selbst darstellen, und geht es einem dargestellten Selbst besser als einem nichtdargestellten, wie geht es dem undarstellbaren Selbst? Wie geht es also? Ich behaupte folgendes: Geschichten aus dem wirklichen Leben hängen davon ab, leben davon, ob ein Mensch sich noch für die abgelebten Augenblicke eines anderen Menschen interessieren kann. Die Geschichten sind außerdem und ohnedies unwirklich genug, vielleicht weil die Erzähler ungeschickt sind, und vielleicht sind sie deshalb ungeschickt, weil sie das Desinteresse, das auf sie wartet, schon im vorhinein angesteckt hat. Ich habe keine Ahnung, aber ich denke mir, zumindest in der Rolle, die ich hier am Anfang spiele, jeder hat halt seine Meinung über die Welt – das ist keine Frage, und die Welt, die ist die Gesamtheit aller Dinge, die einem auf den Kopf fallen können; man muß sich daher hüten, und auch deshalb hüten, weil sonst noch die Welt aus den Begriffen besteht, die über das gemacht werden, was einem schon früher auf den Kopf gefallen ist. Gefallen. Die Zeit war nicht schlecht. Es gab schlechtere Zeiten. Unendlich viel schlechtere Zeiten. Da aber kaum jemand auf der Höhe der Zeit lebt, auch heute nicht, ging es zu meiner Zeit vielen nicht gut, wenn's gefällig ist. Gefällig! Es war damals (wann das war, ist ja eigentlich gleichgültig, wer ist schon auf Zeitpunkte versessen) eine vielversprechende Zeit. Gewiß, sie war auch schon damals nichtssagend, sie erklärte sich mir nicht, aber sie war, sie schien wenigstens offen und ehrlich zu sein, im Gegensatz zu allen anderen Zeiten, die geschlossen sind, verdreht, verlogen, in denen alles abgemacht wirkt und in denen die Türen hinter den Leuten zufallen, die nichts getan haben, weil sie nichts tun konnten. Ohnmächtig. Ich habe auch damals nichts getan, die Delikte sind mir nur so zugestoßen. Ich war wirklich hart, ein Abenteurer. Ich habe Zellen in Spanien besessen, in Ägypten Gift zu mir genommen, in der Antarktis mit einem guten Hund die Nacht verbracht, bin in Schweden im Kanal getaucht, habe in den Tundren die Notdurft verspürt, sah in Antibes Picasso, durchquerte mit Freunden die Wüste – wie heißt sie denn, diese Wüste –, lehrte mit Vorliebe Einsichten, die ich selbst nicht hatte, und während die Freunde noch ahnungslos lächelten, noch ahnungslos, überquerte ich schon Brücken nach Asien, prügelte mich dort mit diplomierten Zen-Buddhisten und kam so ganz plötzlich zur Erleuchtung: Während nämlich der Lehrer seinen Abstand zwischen sich und seiner Pension (dem Ruhestand) durch den Unterricht verkürzte, wurde mir die Zeit langweilig. Die Zeit wollte nicht mehr im Uhrzeigersinn verstreichen. Seltsam: Sie kann ein Gewicht bekommen, eine gewichtige Zeit sein, wenn man sie in die Länge zieht und sie, langgeworden, dadurch absolut unwichtig wird. Die unwichtige Zeit wiegt schwer; man hätte Besseres zu tun gehabt, in den Zeiträumen, die ein Lehrer mit seinen Entstellungen der Physik und der Mathematik füllte. *Was* – das war die Physik, die Mathematik, *deshalb* hatte irgendein Urmensch zu zählen begonnen, eins, zwei, drei, und deshalb hatte sich später Einstein andauernd fotografieren lassen dürfen? Das rechnet sich nicht. Das ist unbegreiflich. Gut, daß Zeit Gewicht hat, das ist vielleicht eine Metapher, aber keine Metapher ist so etwas, von dem man sagen kann: nur eine Metapher. Alles, bilde ich mir ein, drückt sich im Körper aus, also auch die Zeit macht sich bemerkbar, nicht nur in der Menschen Alter, sondern alltäglich, indem sie drückt, pocht, schlägt, dich dehnt, dich zusammenpreßt oder, du Glücklicher, dich auseinanderfallen läßt. Jeden Morgen laufen die Körper mit der Zeit um die Wette, sie laufen hierzulande gegen die Zeit an. Das ist die Stadt: eine Zeit, ein Körper, ein Bürgermeister, keine Zeit. Wenn man sich darin übt, kann man genau hören, wie die Leute in allem zu jeder Zeit nur von ihrem Körper sprechen und es gleichzeitig leugnen, daß sie von ihrem Körper sprechen. Dieses Leugnen ist kein Lügen, denn was wäre die Wahrheit der Körper? Er ist durch das jahrhundertelange Leugnen, genannt Sprache, längst schon in der Regel verschwunden, der Körper ist ausgedrückt. Er tut einem nur höchstens weh, mir zum Beispiel, oder dir, wenn ich dir eine knalle, sagt wohlfeil ein Feind des Körperlosen. Daß der Körper verleugnet ist, ist sein bester Schutz. Man muß ordentlich durchgreifen, um wieder an den Körper ranzukommen. Ich mißtraue jedem, der uns den Körper verspricht, er will nur ran. Ich bin ein mehr geistiger Mensch, d.h., mein Körper ist nicht in Form, aber mein Kopf surrt wie ein Projektor im perfekten Heimkino. Das habe ich in der Schule fürs Leben gelernt, denn als damals der Langweiler die Zeit auf die Folter spannte, projizierte ich mir Figuren, Körper und Handlungen auf die weiße Wand neben der Tafel. Ich war ständig dort im Bilde, ich war der ideale, wenngleich eigensinnige, privat produzierende, privat konsumierende Fernsehempfänger und Sender, war Hard- und Software in einem, suchte mir schon vor der Installation des Fernsehens im Lande Ausschnitte der wirklichen Welt; Bildschirme, in die ich wendig wie ein Serienmacher von heute meine Filme projizierte: kleine, aber harte Abenteuer. Ich spielte nie mit, schonte mich für nach der Matura, der „Reifeprüfung", blieb Zuschauer am harten Schülersessel, ließ den Kommissar fast automatisch, weil er heute Abend schon in so viele Lokale einen Blick geworfen hatte, die Tür zu einer Bar öffnen, in der ein kleines Nachtprogramm mit Mädchen abrollte, keine Nobelbar, aber auch kein übel beleumdetes Lokal. „Viel Betrieb heute", fragte der Kommissar im Vorübergehen die Klofrau. „Es geht", beeilte die Klofrau sich zu sagen. „In den letzten Zeiten hatten wir guten Besuch." Der Kommissar warf durch einen Spalt einen Blick ins Lokal, ja, er trug sich sogar mit dem Gedanken, zum Abschluß seiner Tour einen französischen Cognac zu trinken, und vielleicht war die Vorfreude der Grund dafür, daß er nicht mit voller Konzentration den restlichen Teil des Lokals überflog. Denn er sah erst, als er schon mitten im Raum stand und sich umdrehte, daß ganz plötzlich ein Mann aufsprang. Das mußte der sein, den er suchte. Wer sonst?, dachte ich mir. „Halt, stehenbleiben, oder ich schieße“, rief der Kommissar. Da pfiff schon eine Kugel an seinem Kopf vorbei, vorbei! Ich wurde ein Phantast, ich wurde zum Phantasten ausgebildet, mit Hilfe der Physik und der Mathematik. Aber die Phantasterei hat mir immer geholfen, das Leben zu meistern, zu Hause oder auf Reisen.

Die Zeit vergeht, es geht schon weiter, die Zeit vergeht sich an den Leuten, die nichts dagegen tun können, daß alles schön langsam anders geworden ist. Der Boden, auf dem einer seine Pirouetten tanzte, ist für die alte Pirouettenkunst plötzlich ganz ungeeignet. Wo man gestern zu tanzen aufgehört hat, stolpert man heute wie ein Idiot herum. Niemand erkennt im Gestolper die Pirouette von gestern, und wenn, so wäre sie außer der Mode, auch die Mathematik und Physik von gestern sind für den Wissenden von heute jetzt schon die Lächerlichkeit, die sie für den voraussichtigen Banausen seinerzeit ohnedies schon war. Die Zeiten klinken in verdrehter Weise ein und bilden ineinander verrenkt „die Geschichte“. Niemand will von der Geschichte hören, außer der, der davon lebt, daß er über die Geschichte spricht, vorträgt! Was sonst zählt, ist der Augenblick, und der Weise weiß seit seiner Matura, auch der zahlt sich nicht wirklich aus: dieser Ernst, mit dem ein jeder gegenwärtig ist, der macht die Gegenwart! Denn Gegenwart ist nichts als das Gefühl für eine Zeit, auf die sich alles konzentriert haben soll. Dieser Ernst liegt den Geschehnissen zugrunde, er läßt sich nämlich gerne in alle anderen Emotionen einwechseln, die so im Handel sind, zum Beispiel in die Wut, wie in die eines meiner Lehrer, den die sanfte Geistesabwesenheit des Schülers Seifert plötzlich dazu bringt, sich diesen zu greifen, um ihn, über drei Reihen hinweg heranziehend, an die Brust zu nehmen und dort ins Gesicht zu schlagen. Dieser abwesende Blick Seiferts hätte mir nie passieren können, weil ich durch das Filmgeschehen an meiner Wand stets konzentriert, ja fasziniert dreinsah. Außerdem kannte ich für meine Regiearbeiten die meisten der Gemeinplätze ganz gut, die die Lehrer entrückt abfragten. „Liszt spielte das Klavier wie ein Adler, und Rubinstein wie ein Löwe.“ Schwachsinn dieser Art ließ sich gut meinen erfundenen Figuren in den Mund legen, für retardierende, bremsende Momente in der Aktion zum Beispiel, aber auch, wenn es sich um einen Musikfilm handelte, um eben dessen Handlung anzukurbeln. Die Degeneration des Königs der Tiere zum Klaviervirtuosen, der, von einem eifersüchtigen Adler umkreist, den höchsten Gipfel zu erringen versucht, wäre kein schlechtes Treatment für einen Bergfilm gewesen, wenngleich ich heute sicher bin, daß ich damals das metaphorische Chaos, dieses Durcheinander von bildlich und wörtlich, filmisch nie hätte bewältigen können. Als aber der Lehrer, angeregt vom dumpfen abweisenden Blick Seiferts, den Schüler züchtigt, reißt mein gerade aktueller Film: Plötzlich war ich in der Gegenwart und erinnere mich heute an sie ohne Aufregung, denn mein Interesse an dem Vorgang ist nicht pädagogisch, politisch-moralisch, sondern leider ganz unmoralisch: es ist kinetisch, ein Interesse an dieser einen Bewegung, an diesem Streich, mit dem ein moderner Erzieher in der post-nationalsozialistischen Ära ein unaufmerksames Kind zur Konzentration, zur Geistesgegenwart aufruft. Wie geht es, wie fühlen wir uns, wie fühlten wir uns? Das Problem der Zeit ist ja einfach. Es lautet: Ein Tag dauert unendlich lang. Zehn Jahre verschwinden mit einem Schlag. Man hört diesen Schlag tatsächlich, wenn man das metaphysische Ohr dafür hat.

Antikes Kino

Das Universum ist alles, und es gibt nichts, was, falls es überhaupt existiert, gleich auf welche Weise, nicht ins Universum eingeschlossen sein müßte. Das „Universum-Kino“ befand sich im 15. Bezirk, genau dort, wo heute ein Supermarkt steht, der „Billa“ heißt. Was ist da geschehen? Ist aus dem Universum, ohne daß das Volk dagegen revoltierte, „Billa“ geworden? Hat man die vollkommene Gleichgültigkeit der Namen eingesehen und akzeptiert, dienen Namen nur noch dazu, um sich von anderen Namen zu unterscheiden, sind sie äußere, weiter nichts sagende Etiketten so wie die Bezifferungen, die bei „Billa“ unerbittlich den Waren angeheftet sind?

Daß das „Universum“ im Areal der „Billa“-Welt nicht mehr als Kino existiert, ist objektiv gleichgültig und nur dann zu bedauern, wenn man subjektiv in die Welt des alten Kinos mit einbezogen war: die Kindervorstellungen, Wilhelm Busch im Zeichentrick oder Pünktchen und Anton, von den „Kinderfreunden“ organisiert, schließlich nachmittags der individuelle Besuch, Peter Alexander und die Leichtigkeit der fünfziger Jahre, das trübe, künstliche Licht des Vorraums, darin eine verwaiste Dependance des Zuckerlgeschäfts von nebenan, im Stich gelassen und allein, doch manchmal angestrebt wie eine Poststation im Western, dann der Vorführsaal, ein Orkus, in den man Einlaß begehrte und gewährte, eine Unterwelt aus Plüsch, von einer Exklusivität, aus der keiner mehr sich etwas machte, und die Leinwand: der konzentrierte Ort von allem, auf den es ankam.

Erst wenn dies fehlt, spürt man, daß es überhaupt da war; man kann nicht mehr an das Substrat dieser Erinnerung zurückkehren, und das ist gewiß nicht das Schlechteste, denn Erinnerungen sind sich selbst genug und bedürfen nicht der Förderung durch das, was in der Realität von all dem Leben übriggeblieben ist. Aber manchmal (auch wenn diese Art der Nostalgie schon so sehr Klischee geworden ist, daß man selbst kaum mehr glauben kann, wie man doch noch daran glaubt) kann einem schon eine leise Angst ankommen: Nichts, aus dem man besteht, hat Bestand, nicht das kleinste Kino, auch nicht das größte, man denke nur ans „Forum".

Bei dieser Angst spielt, anders als in der Liebe, der Name keine Rolle. Daß das Kino „Universum" hieß und nicht anders, hatte sich zwar fest eingespielt; „Universum" war eine Ortsangabe, die sich mit Beginnzeiten verband, die sich aber vollkommen gleichwertig anhörte wie „Schwegler-Kino", oder, wenn man die Kraft hatte, auch den Bezirk zu wechseln, wie „Edison-Kino", beides Namen, die jeweils etwas ganz anderes sagen und die man wirklich nur gleichgültig verwenden kann, wenn man nicht hinhört, wovon da die Rede ist.

Das Unerhörte der Namen, die im Umlauf sind, ist gewiß ein denkwürdiges Phänomen, und es ist wohl auch anzunehmen, daß dieses Phänomen schon bei der Benennung, die eben kein Ereignis mehr ist, seine Rolle spielt. Aber dennoch ist es seltsam, daß sich die Namensgebung bei den Wiener Kinos in nicht wenigen Fällen der Mythologie verschrieben hat: „Eos", „Helios", „Diana", „Dido", „Atlantis", „Kosmos", „Phönix", „Titania" und viele andere, darunter auch, gleichsam der Höhepunkt der Götterwelt, „Olympia", die Kultstätte des Zeus und der Hera, einst gelegen in der altgriechischen Landschaft Elis, in dem bis zwei Kilometer breiten, von bewaldeten Bergzügen umrahmten Alpheios-Tal, ein heiliger Bezirk und Schauplatz der olympischen Spiele.

Unter dieser, wenngleich vergessenen Prominenz nimmt sich „Poppenwimmer", ein wahrhaft angestammter Name für ein Floridsdorfer Kino, geradezu exklusiv aus, und es ist klar, daß die Exotik des Mythologischen, des Griechischen und des Römischen, das bloß geheimnisvolle Wortgeklingel zunächst ein guter Grund für die Namenswahl gewesen ist. Wen erweckt schon die Nüchternheit von „Tuchlauben" zu Aufmerksamkeit, und wem, wenn er auch nur kurz hinhört, kommt „Auge Gottes“ angesichts dessen, worum es sich dabei wirklich handelt, nicht übertrieben vor?

Aber man kann doch annehmen, daß man sich bei der Wahl der antiken Bezeichnungen sonst einfach nichts gedacht hat. Gewiß wird es in der Welt der Kinos Traditionen solcher Benennungen geben, die man hier in Wien – wie vieles andere auch – blind übernommen hat. Diese Traditionen könnte man rekonstruieren und würde vielleicht auch nur herausfinden, daß man sich schon an ihrem Ursprung nichts dabei gedacht hatte. Jedes Nichts aber hat seine eigene Faszination, und es kommt in unseren aufgeklärten Zeiten einem so vor, daß es geradezu unzulässig erscheint, etwas gänzlich bedeutungslos zu lassen. Eine Wahl ist ja immerhin erfolgt, auch innerhalb der Mythologie ging man wählerisch vor; so gibt es zum Beispiel ein „Rex-Kino“, jedoch keines das „Ödipus“ hieße.

In jedem Fall macht es einen Unterschied aus, welche Namen am Markt sind und welche nicht. Der Unterschied besteht aber, siehe oben, kaum in scharf begrenzter Bedeutsamkeit, in definitorischer Kraft, sondern wahrscheinlich schon viel mehr in der Stimmung, die die Namen durch ihren Klang machen.

Aber gibt es irgendeinen Namen in der Welt, der sich damit begnügte, sich ins Lautliche zu verflüchtigen? Gerade Benennungen sind ja Machtvorgänge: Man nimmt etwas in Besitz, indem man es benennt, und der Name verlautbart das Zeichen, unter dem es geschieht. Das Kino nimmt die Antike in Besitz, und zwar dadurch, daß es sich mit ihren Namen benennt. Das antike Personal, ob „Dido“ oder „Hera“, hatte ausgespielt, die Bilder, die man sich jetzt macht, sind auf eine Leinwand projiziert, für sie ist die alte Erziehungsdiktatur der Altphilologen und ihrer Schulgänger gänzlich obsolet, und falls ein Original in fremder Sprache abgefaßt ist, wird einem die Übersetzung von keinem Lehrer beigebracht, sondern von Spezialisten konsumierbar synchronisiert.

Egal also, ob die Mitspieler es merken oder nicht, in den antiken Bezeichnungen triumphiert das Kino über eine alte Art der Bildung, die sich bis heute mehr oder minder unwidersprochen die „humanistische“ nennt. Aus der Perspektive dieses Triumphes ist es klar, was es bedeutet, daß die Namen nichts mehr bedeuten: Ihr alter Sinn ist ausgelöscht, wenn er sich aufs neue Kino bezieht, und der imperiale Anspruch von „Colosseum“ und „Weltbiograph“ ist selbst für den Maturanten unserer Tage nur noch ahnbar.

Einer Welt, der die Manager ihre guten und bösen Ideale vorgeben, erfüllen „Top-Center“ und „City-Kino“ ohne weiteres den Wunsch nach Symbolisierung ihrer sozialen Hegemonie. Diese Namen bezeichnen im übrigen auch nichts anderes als eben „Colosseum“ oder „Odeon“, nämlich einen Schauplatz für Heidenspäße. Aber man kann sich vorstellen, daß der lange währende Kampf zwischen den Geisteswissenschaften und den technischen Disziplinen, wie er zum Beispiel auf der Ebene der hohen Schulen durchgeführt wurde, nicht zuletzt in der Bewußtseinsindustrie, die heute die Bilder macht, seinen Niederschlag finden mußte: Wir machen auch die zeitgemäßen Mythen selber, demokratisch, denn anders als im humanistischen Bildungsbetrieb steht im Kino die Kaste der Vermittler, „Produzenten“ genannt, nicht im Lichte, sondern sie wirkt geschäftsmäßig dienend, selbstvergessen, nur zu unserem Wohl aus dem Off; sie verdient, aber sie liefert um den Preis einer Eintrittskarte Sofortverständliches und unmittelbar Ergreifendes!

Die alten Eliten, die gerne im Zeichen der Gymnasialbildung ihre Positionen im Staat einnehmen möchten, leiden darunter, und zwar sehr. Einige von ihnen wurden sogar krank, als seinerzeit die Philosophie zum Beispiel in Form des Mythos von Sisyphos das Altehrwürdige aktualisierte. Aber die Annihilation des Mythos durch eine nebensächlich-wegwerfende Bezeichnungspolitik ist wohl noch schmerzhafter. Das Kino versammelte das städtische Proletariat, ja es privilegierte dieses sogar. Davon haftet ihm immer noch etwas an. Ins Kino kommt man von der Straße direkt und ohne sich umzuziehen, und alles, was sich von der Straße nicht ausdrücklich unterscheidet, erinnert an Aufruhr, und wenn schon nicht daran, so doch an das Verschwinden des hervorragenden Einzelnen, der Persönlichkeit unter den verhaßten Vielen, die schon für die alten Griechen nichts waren als die Verkörperung der Doxa, der gängigen Irrlehren, des bloß vermeintlichen Wissens.

Das Kino ist eben ein Massenmedium, und das Kollektiv ist eine ungebildete, rohe Macht. Wie kommt diese Masse dazu, ihre Macht im Zeichen Apollos, im „Apollo-Kino", zu demonstrieren? Gegen eine fromme Utopie Doderers vom Griechisch lernenden Arbeiter kann man sich ironisch einen anderen denken, der zwar auch Griechisch lernt, aber nur, um endlich zu verstehen, was die Kinonamen wirklich bedeuten. Es ist möglich, daß die alte Bildung das Volk gegen das Kino weniger vor den gewiß dort auch ausgebreiteten Irrlehren beschützen möchte, sondern die Belehrung könnte auch aus der Furcht vor dem Dionysischen motiviert sein, das vor der Leinwand auf die leichtsinnigste Weise um sich greift. Die sogenannte Trivialkultur verfügt über ein befreiendes Potential, zu dem obendrein der Zugang durch keinerlei Qualifikationsrituale, „Prüfungen", versperrt ist. Das ärgert auch die Ideologiekritik, die im Schweiße ihres Antlitzes nachweisen muß, wie sehr hier nur zum Scheine befreit wird. Aber ist nicht auch die Wahrheit der Ideologiekritik zumeist bloß von der Art der Lüge, die uns, falls wir besser gebildet sind, das Leben ein bißchen spannend macht?

In keinem Fall gehört – so wie das Kino nicht den Cineasten – auch der Mythos und seine Namen nicht den Neuhumanisten. Die wahnwitzigen Geschichten von Zeus, Europa, Herakles und Prometheus sind bei den Schulmännern in den ausgetrockneten Flußtälern ihrer Phantasie nur schlecht aufgehoben. Die Trivialisierung unserer höchsten Kulturgüter gibt zunächst im vorhinein allem recht, was diese als „trivial" von sich weisen. Das zeigt sich nicht zuletzt an der Affinität zwischen dem Kinomythos und dem der Antike – eine gewiß nicht unproblematische, leicht in die Irre führende, weil zu sehr auf der Hand liegende These, der man, wenn man es wagt, noch hinzufügen kann, daß die Identität zwischen dem technisch reproduzierten und dem phantastisch imaginierten Mythos vielleicht stärker ins Gewicht fällt als ihre Diskrepanz: Der Mythos, so heißt es, stellt eine Ordnungsfunktion dar, und er beansprucht Verbindlichkeit. Die Kinomythen stellen keine Ordnungsfunktion dar, und sie wären bloß im Ästhetischen verbindlich? Aber auch der Kinomythos ist eine „Praxis"; die Filmgestalten dringen in die Menschen ein, und die Menschen verwandeln sich in sie. Kein Mann, geboren unmittelbar nach dem Krieg, dessen Selbstbewußtsein nicht von den Gesichtern und Bewegungen Belmondos oder Delons unwillkürlich geformt worden wäre.

Vom Mythos und davon, daß seine Namen etwas bedeuten, lebt nicht bloß die Literatur, die Kunst, sondern (weil nämlich der Mensch überhaupt) auch das Kino. Die Art, wie man schon im Mythos Geschichten glaubte und sie im Gedächtnis behielt, ist so lange in Kraft, solange es gelingt, die Welt noch zu beseelen. Dieses menschliche Vermögen läßt sich von keiner Geschichte als nutzlos und überholt ausgliedern, und es spiegelt sich, wie verzerrt auch immer, zum Beispiel in dem wider, was uns die Namen der Kinohelden sagen möchten. Sieht man ab von der gewiß verlockenden Imitatio Rambo („Reagan Rambo"), so gibt es viele Belege dafür, wie sehr die Politik der Filmemacher darauf abzielt, unseren tieferen Sinn für Namen zumindest an der Oberfläche nutzbar zu machen. „Sein Name ist Nobody" ist in dieser Reihe wohl das schönste Beispiel, denn es bezieht in die Verführung durch einen Namen auch dessen Negation, den Namenlosen, mit ein.

Zusammenfassend also kann man sagen, man hat sich im wesentlichen nichts dabei gedacht, als man mythische

Namen für Wiener Kinos wählte. Hat man jedoch die Neigung, Gegebenheiten aus Kämpfen zu erklären, wird man schließen dürfen, daß hinter diesem Nichts dennoch etwas steckt, nämlich ein Kampf um kulturelle Hegemonie, für den das Kino einst ein Hauptschauplatz gewesen ist, die Strategien der Benennung allerdings nur eine nebensächliche Kunst. Diese strategische Kunst kann man auf die Formel bringen: Entwertet das Kino einerseits durch den verfremdenden Gebrauch der alten Namen die alte Bildung, so legitimiert es sich doch ein wenig damit, indem es diese Namen überhaupt für sich beansprucht. Dadurch bleiben andererseits diese Namen noch in Verwendung und sind nicht vollkommen aus dem öffentlichen Bewußsein verschwunden. Und zum Schluß scheint es, als ob die Kinos ihren mythischen Namen sogar Ehre machten und ihr Anspruch auf sie in Grenzen zu Recht bestünde, weil das Kino, ohne es zu wissen, Kräfte in Bewegung setzt (oder, modern gesagt: sie trainiert), auf die man auch für ein angemessen bildhaft eindringliches Verständnis des alten Mythos angewiesen bleibt.

Das Talent in der jüngsten Premiere

Sich einem Fluß anvertrauen, die Straße hinunter, den Berg hinauf, kein Wechselspiel der Richtungen, keine Wahl, sondern das stolze Leid der Geradlinigkeit auf sich genommen, nicht achtend der Beschimpfungen, der Begrüßungen aus dem Spalier, die Spalierstehenden übersehend, und dann, vielleicht dann doch auch umgekehrt, nicht gesehen werden, ohne sich ducken zu müssen, zur Feier des Flüchtigen aufgebrochen, allen davon, der unberührbare Hauch; die Kranken sind außerhalb untergebracht, sie haben die Pest – im übertragenen Sinne; des Morgens, als ich selber krank war, die Straße hinunter, den Berg hinauf, so zog es mich aus dem Zimmer, eine Erinnerung, an den großen Plakaten vorbei, mit den schönen Dingen in Hellblau, Sportlerdressen, die zu haben sind, und da nichts frei war, auf der Straße, wo ein Schlafloser hätte wenigstens die äußere Ruhe finden können, lief er ins Spital hinauf, und er konnte nicht wissen, daß zum Grauen dieser Morgen-Nacht der Tod hinzukäme, und das Geschrei der Gepeinigten im Altersheim. Morgengrauen. Sie schaffen die Särge aus dem Spital heraus, die Toten verschwinden, und alles, was noch lebt im Spitalspark, Altersheim angeschlossen, krümmt sich, mit niemandem mehr unter der Decke, die gesunde Verrücktheit oder die reine Angst. Auch Vater vergeht jetzt, bis er zur Vergangenheit gehört. So erlaube ich es mir darzustellen. Mit der Mutter auf kleinem Raum untergebracht. Umgebracht. Trauer ohne Namen, zuletzt alles hinnehmen, den Schmerz, die Krankheit, eine andere Krankheit, no sports, das Unheil flackert immer wieder auf, nur er, der Sohn, die Tochter, ausgelöscht, und irgendein Riese des Lebens öffnet nebenan (oder weit weg) die Fenster, um tief zu atmen, der Parklandschaft vis à vis hat der Riese gestern ein Lebenszeichen von sich gegeben, einen vielbesprochenen Kraftakt für die anderen, für ihn nur eine Kleinigkeit, ein Spiel mit den Lebensmuskeln, um das eigene Dasein zu überprüfen, es kurzweilig festzustellen, unter Beweis gestellt arbeitet sich der Lebensriese voran, atmet tief, vernichtet nichts, haßt triefend, ist durcheinander, doch, wie stets, obenauf. Die Kinder fürchten ihn nicht. Was hat er mit ihnen zu tun?

Nach dem Krieg gab es in der Nähe des Wohnhauses, der kleinen Räume – sie waren noch voll Hoffnungen – einen Bunker ohne Geschichte. Unterirdisch war eine geschichtslose Bunkerlandschaft, geschichtslos, das heißt bloß, man hatte vergessen, was da noch alles drinsteckte; man kannte nur Kurven und Dunkelheiten, gefährliche Schutzräume, am Areal daneben: ein Ringelspiel, sehr irdisch-oberirdisch, und als Franz und Grete unten explodierten, spielte das Ringelspiel was? Einen Walzer vielleicht, ein Walzer muß es sein. Daheim. Der Tanz. Das Ringelspiel war von einem braunen Draht, besser: vom Rost selbst umzäunt. Aus dem Rost heraus war ein riesiges Tor geschnitten, das Eintrittstor, damit alle durch den Rost konnten, die Eintrittsgeld hatten, wenn das Spiel in Betrieb war. Es war nichts, eine böse Parodie der Unmöglichkeit, sich zu vergnügen. Gleich weiter oben der Märzring. Weshalb hieß er so? War es der März 38? Deutsche Truppen betreten Österreich: „Fox stöhnende Knochensau" hieß nach dem Krieg bei uns Kindern die Wochenschau, aber geschichtlich zu denken zeichnet nicht gerade den Massenmenschen aus, schreibt der Leitartikler, über den ich nach der Matura zerbrechen werde. Dann verstehe ich alles und habe auch im Hohelied der Gebrechlichkeiten meine eigene Rolle, meinen Part. Im Alter eben keine falsche Bewegung, die Schmerzen in der Hand am Unterarm kommen von ungeregelter Betätigung, kein Tennisarm, verspotten Sie mich nicht!, das ist ohnehin nur ein rhetorisches Appellativ. Am Märzring konnte er in hell beleuchteten Nächten Boxkämpfe sehen. Über dem Ring waren von keinen Dunkelheiten besiegbare Scheinwerfer angebracht, aber lieber noch war mir, das Training zu kontrollieren, man konnte durchs Fenster hindurch in den Schweiß der armen

Boxer hineinriechen, sie trainierten in einer rostbraun angestrichenen Holzbaracke, mergelten sich die Körper aus, und die Punchingbälle hüpften fröhlich unter den Prügeln hervor und hervor, und träge ließen sich die riesigen Ledersäcke nicht aus der Ruhe bringen, von keiner Rechten und keiner Linken. Wurden wir damals verjagt, wir, mit unseren in die absichtsvolle Welt der Erwachsenen gesteckten Kinderköpfe? Märzpark, welcher März war dies nun wieder?

Mein Leben lang hat Vater mir verhaßte Kappen gekauft. Ich hatte nie abstehende Ohren. Aber die Kappen machten mir abstehende Ohren. Als es an der Zeit war, in den Märzpark zu gehen, war es schlimmer. Vater bekam damals Trainingsanzüge billiger, auch Basketballschuhe erhielt er unter dem Preis. Die Schule des Lebens hatte meinen Vater gelehrt, nur zu kaufen, was unter seinem Preis zu haben war – ohne Rücksicht auf den Wert. *Ich* war das Opfer dieser quälenden Großzügigkeit, er gefiel sich in allem Billigen, er hatte es ja billiger bekommen. Den Märzpark liebte ich, besonders bei Sommerbeginn. Die Natur war dann wieder gut geworden. Ich saß auf einer Bank, zu nichts zu bewegen, ein Pensionist ohne Portfeuille, aber schon früh darauf vorbereitet, auf das Alter. Die alten Männer spielten Tarock, hin und wieder war ein Junger unter ihnen, so manches Spielergesicht, vom Ernst gepackt, dem es um ein paar Groschen geht, konzentriert wie Mönche, die Tarock-Mönche, Politiker, Außenminister, Kanzler und Präsidenten, Botschafter ihrer jeweiligen Karte; sie gaben schon auch retour und manchmal auch dem Retour retour. Die Alten haben mich gelehrt, was es heißt, kein Talent zu haben. Talentlos saß ich an ihren Tischen, mischte ihnen die Karten, unterlag noch mit dem besten Blatt, der „Gstieß“ fiel mir aus der Hand, mit dem Mond wußte ich nichts anzufangen. Talentlos – das ist ein Weggefegtwerden von einer unbekannten Macht, man sah sie schon, wie sie sich aufmachte, einen zu düpieren, sie war da – in der Unsicherheit, auf dieses oder jenes Blatt zu setzen, sie war da in der Schnelligkeit, mit der die anderen ihre Stiche machten, man wußte, wie es sein wird, wozu es kommen wird, aber man begriff es nicht, man hatte auch keine Zeit, es zu begreifen, dann bald war man außer Atem, man hetzte einem Gedanken nach, den man zu Anfang gefaßt hatte, aber der durch die neue Situation völlig entwertet worden war. So war man im Stich gelassen, und ein jedes Mal von neuem, und wenn man gewann, hatte man es auch nicht begriffen, der Sieg geschah mit einem, es war nie ein Triumph, und wenn man gelernt hatte zu verlieren, durch tausendmaliges Üben im Angesichte der gewitzten Alten, dann war es möglich, daß eines Tages die Talentlosigkeit zwar nicht verschwand, sondern in eine ihr verwandte Routine überging. Dann spielte man mit, aber jedes Spiel hieß: Man war an seinen Grenzen angelangt.

Der Anzug wächst, er beginnt zu schlottern, die Krawatte gerät ins Strudeln. Ich bin angekleidet. Schatz, du mußt dich umziehen. So spricht man am Anfang der Party. Suchen Sie doch die sinnzentrierte Kliententherapie auf. Die sinnzentrierte Kliententherapie weiß sich auf die konkrete Sinnfindung des Klienten konzentriert. Mir geht es jetzt schon viel besser. Ein Wettspiel: Immer, wenn er etwas Böses sagt, das nicht der Rede wert ist, aber eben böse, dann beginnt seine Stimme zärtlich zu werden: Ach, geh der Sache privat nach, sagt er, und es bedeutet eine schreckliche Gemeinheit, oder er sagt: Die Bausparkasse, nimm doch die Bausparkasse, und er blickt dem Anleger ins Gesicht. Der Anleger ist verletzt, bleibt am Klang der Stimme hängen, die Stimme stellt ihm das Bein, sozusagen.

Wie hieß dieser Spieler, ein Engländer, wie hieß er? Nobby Niles, Tobby Tiles? Er war der gemeinste Mensch, den ich jemals kennenlernte. Trug er nicht eine Brille? Kontakt war nicht ratsam, sah er, was er tat? Die Kontaktlinse. Ich meine, gemeine Menschen lernt man hier gar nicht kennen. Die Gemeinheit ist hier durchschnittlich. Die Ausbildung eines richtigen Schuftes unterbleibt. Gemeinheit kann massenhaft sein, aber ein einzelner gemeiner Hund ist selten. Als ich dahinterkam, daß er mich einen Arsch nannte, und zwar hinter meinem Rücken (wo sonst wäre es mehr angemessen und ratsamer), und als er daraufhin dahinterkam, daß ich dahintergekommen war, daß er mich stets einen Arsch zu nennen pflegte, kam er freundlich auf mich zu, während er mich jetzt natürlich noch mehr haßte als je zuvor. Ich wehrte jede Freundlichkeit ab und erklärte: „Das ist doch selbstverständlich, es versteht sich von selbst. Es ist geradezu die Vorbedingung, lieber Freund, daß Sie mich für einen Arsch halten." Niles-Tiles-Stiles war gemein. Er hatte den Schienbein-Zerstörungs-Fuß, machte niemals einen Rückzieher, schlug zu wie mit Krücken oder ferselte den Gegner in die Eier hinein. „Die Meldung, ich sei tot, war reine Übertreibung", sagte der Gegner, nachdem er sich von der Bahre erhob. Der Gegner wußte, wer gegen Niles antrat, mußte einen Märtyrer-Komplex haben. Der Gegner war an dem Punkt angelangt, an dem er keinen Freund mehr haben wollte, denn er konnte ja nicht wissen, wann Niles auch den Freund treffen würde. Es war ein dummer, lächerlich-sinnloser Unfall, aber Niles stand dahinter, ohne jede Zärtlichkeit krachte ein Oberschenkel auseinander. Bei der Siegesfeier trank Stiles nicht. Er dachte vielleicht: Was ist der beste Wein ohne seine Fässer? Ein Blutfaß. Chorovec aus der Studentenmannschaft war weniger selber der Mörder, sondern er war mehr Sense, also Mordwerkzeug. Er gehorchte einem geheimen Willen. Niles war zu keinem Gehorsam fähig, er hatte keine Organe dafür, die Grausamkeit beschäftigte alles an ihm. Chorovec war auch grausam, er konnte den Spielen eine entscheidende Wendung geben; ein Schnitter betrat mit ihm das Feld, soviel also über Spielerpersönlichkeiten.

Mit Trainingsanzug und Basketballschuhen lief ich auf den Platz ein. Das war der Einlauf. Basketballschuhe verleihen dem Träger etwas Vorpreschendes. Während des Spieles irrte ich herum. Ich war mehr ein Techniker. Das Ballgeschehen war verwirrend, und immerhin spielte einer der anderen schon damals bei der Austria. Sein Name ist heute verschwunden. Er war im Spiel für mich unüberwindlich, kaum hatte er den Ball, hatte ich ausschließlich das Nachsehen. Sein Name wurde einige Male genannt, es blieb bei der Andeutung, ich habe heute vergessen, wie er hieß: Er war ein ernster junger Mann, einer, bei dem man erstaunt war, daß er auch die Grenze dieses Ernstes überschritt, um sich den namenlosen Ordinärheiten zu widmen, die Vorstadtjugendliche zu seiner Zeit mit geradezu sakralem Aufwand betrieben. Natürlich auch ich, ja auch ich erhielt den Segen der Übertretung, die Weihe der Schweinerei. Es ist seltsam, daß dieser lächerliche Kerl in den Basketballschuhen, der im geschniegelten Trainingsanzug zum Spiel erschien (allerdings aus Mangel an passender Kleidung), überhaupt den Mut hatte, sich sehen zu lassen. Es gelang ihm aber die Quadratur des Kreises, nämlich als unzweifelbar lächerlich dennoch akzeptiert zu sein. Jede Mannschaft hatte Grund zur Klage, wurde er ihr zugeteilt, aber manchmal geschah ein Wunder, die Auferstehung eines darniederliegenden, brachliegenden Talents: Dann spielte es sich mir vom Fuß, eine Leichtigkeit bemächtigte sich meiner, ich besaß plötzlich ein klares Auge, spielte einen Mitspieler frei, ein Doppelpaß landete wieder bei mir, ich überdribbelte einen Austrianer, schwebte, als wäre ich mit dem Ball verwandt, nach vornehin, dem Tor entgegen, ein Tormann war außer sich, kein Gott war da, ihm zu helfen, er war ohne Beistand und blieb es, bis ich einschoß. Welch ein Glück, welch eine Freiheit, ein Aufatmen im vergitterten Ballspielkotter, Zutritt nur für Kinder, Jugendliche über vierzehn nicht zugelassen. Da spielten die Zwanzigjährigen, die von der Austria schon Knete bekamen, und abends, bevor die Nacht einbrach, saßen sie auf den Parkbänken oder auf den Sitzspielplätzen der nunmehr verschwundenen Pensionisten, die waren in ihr Heim zurückverdammt, Splish Splash – I was taking a bath, rock, rock, yeh, I was splishing, uuh, die jungen Fußballer trugen dunkelblaue Blazer, hellgraue Hosen, und darauf schissen in den warmen Sommernächten alle Vögel des Märzparks.

Ich habe mich umgezogen, war im Theater, natürlich bei der jüngsten Premiere, und das Schlimmste am Stück war die Pause, denn da trifft man die anderen Mitspieler: bekanntlich der schlimmste Pöbel ist der kunstinteressierte. Mann, haben Sie gesehen, wie Vladimir Horowitz im schwarzen Mercedes, Marke fahrendes Großraumbüro, die zehn Meter vom Hotel Imperial in den Musikvereinssaal kutschiert wurde? Die Begeisterten hingen an den Scheiben wie aufplatzende Eitertrauben, sie brüllten sich den Unrat ihres Enthusiasmus aus der Hohlbrust, und die eingefallenen Wangen waren rot wie vom Leben. Oh, Horowitz, der ist in Ordnung (Reagans Alte, nach der seine frühere Alte in der Fernseh-Serie „Falcon Crest“ zurechtgetrimmt ist, auf frühere Verhältnisse eben, um ganz aktuell zu wirken, Reagans Alte, die Gattin des Präsidenten der Vereinigten Staaten, fiel vor Horowitz vom Stuhl, tatsächlich, rücklings, eine kleine Peinlichkeit, turnerisch durchaus ausgewogen, ich möchte mal so vom Sessel fallen), eine internationale Nachricht, Kultur als human interest. Dagegen: Die kalten Fischaugen eines Orchestermusikers, er erblickt den Dirigenten und ist in seinem Element. Karajan oder Kara-Wahn? fragt eine interessierte Illustrierte. Fischauge erblickt Big Boss, kurbelt nach den Regeln der Eingeweihten an seinem Instrument, ach, sagt der Kritiker, Mahler *ist* Bruckner, aber nervlich zusammengebrochen. Der Unterschied zwischen Kultur und Sport liegt einzig und allein im Menschenschweiß. Reden Sie mir nicht vom Schwimmen, sondern hören Sie, „das Ballett“ ist überhaupt nur erfunden worden, um wirbelnde Körperbewegungen, auf die Spitze getriebene Anstrengungen so aussehen zu lassen, als ob dabei *nicht* geschwitzt wird. Kultur ist das Menschenrecht darauf, seinesgleichen scheinbar schweißfrei in Bewegung zu sehen. Das ist in der Tat ein Recht, wie das umgekehrte, zu verstecken, daß man schwitzt. Wie schön war das Stück, es war so luftig ein Nichts. Links von mir saßen zwei Oberschichtlinge mit den wächsernsten Gesichtern der Erde, so als ob sie krank wären, gerade aus einer Intensivstation ausgebrochen, auf der Flucht im Theatersessel, niedergelassen zur letzten Rast – dabei hassen sie bloß den neuen Direktor. Der neue Direktor läßt auf der Bühne „Arschloch" sagen, an einer Stelle, wo im Text nicht „Arschloch" steht, aber die Stelle ist gut ausgesucht, „Arschloch" paßt hin, und dennoch brüllt der Oberschichtling, bei gemessener Atemsäule, Atemfäule, nachdem der Vorhang gefallen war, während die guten Schauspieler sich verbeugten: Buh, buh, buh, buh, buh, buh!

Mit den Massen ins Stadion hineingehen, ihrem Fluß sich anvertrauen, das psychedelische Licht beim Nachtmatch im Wiener Praterstadion, die vielen Ausflüge in Fußballsachen, mit der Wacker nach Krems, der Verein war in die B-Liga abgestiegen, es war ein trauriger, grauer Mittag, der Bus fuhr vom Vereinsgasthaus ab, die Schlachtenbummler waren betrunken, *dieses* Match war gelaufen, 22 Leute spielten in Krems vor 25 düsteren Schauern, Kremser SC – Gäste = 2:1, dafür hat man in Meidling zu trinken aufgehört? Wir nehmen jetzt einen Wachauer Marillenschnaps, dann einige Viertel trockenen Weißen, in der Wachau immer zu empfehlen, fruchtig-trocken: Draußen ist es näßlich kalt, und ein Bus fährt durch die Nacht. Holodaroh, auch die Mannschaft ist nun bei Laune, der Bus lädt uns beim Vereinsgasthaus ab. Was soll man sagen über ein sportliches Leben in der B-Liga? Das muß man eben aus der Zeit von damals heraus verstehen, und in der Nacht träumte ich immer wieder von einem Spiel, einem ganz allgemeinen, abstrakten Spiel, es war des Rasens Grün, das mich trug, es herrschte absolute Stille wie in einer Zeitlupenaufnahme, das knochentrockene Aufschlagen des Balles, das isolierte Geräusch laufender Spieler, Zuspiel, Abspiel, sich freispielen, der Freistoß; die

Sehnsucht nach einem klaren, befreienden Spiel. Ich habe Öcsi persönlich gekannt, seine Tochter schmierte mir einmal, kein zweites Mal, Schokolade auf den neuen Anzug, den mein Vater billiger bekommen hatte; es war ein blaues Stück, lau wie ein Polsterüberzug in einem Niki-List-Film 25 Jahre später. Mein Kindermascherl um den Hals verlieh mir dieses übliche Absolut-gezähmt-aus-der-Wäsche-Schauen, gleichsam neugierig in die Welt hinein. Der Anzug hatte Flecken. Ich war selig. Auch verprügelte ich Öcsis Tochter. Öcsi eilte herbei, er war ein Freund meines Vaters: nämlich, tatsächlich, Ferenc Puskas, genannt Öcsi. Puskas verdanke ich den klarsten Spielzug, den ich jemals gesehen habe. Es war ein kurzes, vollkommen logisches Überspielen einiger Gegner, deren Mannschaft sich hochtrabend zur Gänze in der Hälfte von Real aufhielt. Nach der Mittellinie war Öcsi allein, er machte aber nicht viel her von seiner großartigen Einsamkeit, er lief mit dem Ball, von dem er unzertrennlich war, in gerader Linie auf das Tor des Gegners zu. Die Gerade ist die kürzeste Verbindung zwischen zwei Punkten. Puskas machte einen Punkt. Puskas war Linksverbinder, es war alles ganz klar. Ich nenne das Real-ismus: Er schoß ein Tor und zeigte dabei gleichzeitig, wie man Tore schießt. So liebe ich auch das Theater: Es muß ganz klar gespielt werden, ohne die Manierismen des Theaterspielens, keine Wunderwelten, ein Netz kürzester Verbindungen, denen man aber gleichzeitig ansieht, wie solche Netze geknüpft sind, klar, so wie Öcsi, der Linksverbinder spielte. Aber was ist mit dem Luftsprung nach dem Tor, mit diesem Ausdruck der Freude, für den man die Erde verlassen muß?

Der Lehrer Raumzock glaubte, er wäre Helenio Herrera. Diesen Glauben praktizierte er, indem er ein ganzes Spiel in seine Spielzüge zerlegte, die wir dann auswendig zu lernen hatten. Durch dieses Verfahren verloren wir alles, nämlich jedes Match und die Freude am Spielen. Raumzock hat uns die Unmittelbarkeit geraubt, und wir konnten seine Vermittlungen in nichts Unmittelbares mehr übersetzen. Wir waren nicht gut genug, wir benötigten, um zu spielen, unsere Naivität. Wir konnten nichts lernen, nichts dazulernen, denn wenn uns einer etwas beibrachte, ging es uns nie in Fleisch und Blut über, sondern führte nur zu einer Selbstbeobachtung: Wir sahen immer nach, ob wir schon konnten, was wir gerade gelernt hatten. Das verlangsamte nicht nur unser Spiel, es machte uns schließlich überhaupt unbeweglich. Wir zuckten am Feld wie gerade abgeschossene Tontauben. Wir wurden daher niemals Schülerweltmeister, der Lehrer Raumzock hat das nie verwunden. Er wandte sich bald dem Ski-Sport zu und schrieb eines der Standardwerke über das Wedeln. Die, die danach gelernt haben, haben versucht, ihre Freude am Ski-Sport mit dem Pflugbogen wiederzugewinnen, und ich, ich gehe überhaupt nur noch ins Theater. Dort treffe ich in der Pause meine Freunde/Feinde. Auf Freund/Feind Fritz stürze ich gleich zu. Sofort verläßt mich deshalb eine zu Recht empfindsame Begleiterin für immer. Feind/Freund Fritz mustert mich im Lichte der Tausenden Pausenlämpchen unfreundlich. Er selber, mit seinen durch dieses sich dauernde Beugen über die neuesten Nachrichten übertrainierten Redakteursschultern, hineingezwängt in einen vollkommen überforderten Kinderanzug, er findet meinen neuesten Maßanzug vom Hartberger Maßschneider Treitl verächtlich. „Mit dir", sagt er spitz, „kann man gleich einen ganzen Verband von Kommerzialräten begründen." Die Kommerzialräte sind nämlich die Eigentümer seiner Zeitung. Ich muß daher für ihn etwas Bedrohliches an mir haben. Um ihn nicht zu schrecken, sage ich ganz verwirrt: „Weißt du, ich bin noch ganz verwirrt, so hergenommen ... vom Stück ... Wie gefällt es dir denn?" Da aber nehmen seine Züge alles an Ekel auf, was seine Geistseele dafür bereithält. Er haßt nämlich auch den Direktor. Mit einer kleinen Finte klärt er mich folgerichtig darüber auf, warum es mir so gut gefällt: „Das Wort Freiheit", sagt er zischelnd, „hört man eben gern auf der Bühne!" Damit will er sagen, daß ich einerseits Linksideologe bin, anderseits aber – als Verräter im Maßanzug – das Wort „Freiheit“ am liebsten von der Bühne herunter höre. „Ach Fritz“, sage ich, „jetzt bin ich noch verwirrt ... vom Stück ... aber wart, wenn ich mich davon erholt hab', dann geb' ich's dir aber schön zurück!“ Ich habe Fritz sehr gern, das gehört zu meinen Exklusivitäten, denn ich weiß stolz, daß ich in ganz Wien der einzige bin, der ihn gern hat. Er murmelt noch was Böses, und ich denke mir: Na, ist das nicht auch ein Sport? Und dann bin ich plötzlich vollkommen glücklich in der Kultur; ich freue mich so über meinen neuen Anzug, und als die Klingel dann den Schluß der Pause einläutet, presche ich vor in den Zuschauerraum, ganz als ob ich noch wie einst den Trainingsanzug und die Basketballschuhe anhätte.

Jahreswechsel 76

Aus einer Neu-Wiener Lebensgeschichte

Wien wird sowohl vom ozeanischen als auch vom kontinentalen Klima beeinflußt. Daraus ergibt sich zwar ein gemäßigtes Wetter, trotzdem kann es im Jänner Temperaturen bis minus 20 Grad und im August bis plus 33 Grad Celsius haben.

Wetterbericht

Jeder von uns ist für den anderen ein hinreichend großes Theater.

Seneca

... und der Erstsemestrige flüstert mir ins Ohr: „Ich hab' so Schwierigkeiten", sagt er. „Mit Menschen!"

Meine unglückliche Liebe, eine gewisse Irmi, küßt einen Studenten der Tiermedizin. Währenddessen passiert folgendes: Irgendeiner, den ich in meinem Leben nie gesehen habe, behauptet, ich hätte behauptet, er wäre rauschgiftsüchtig. Gekreisch!

Der Erstsemestrige erklärt mir inzwischen ruhig weiter, worum es ihm geht – mit seinen Schwierigkeiten. „Einmal", sagt er, „sehe ich die Menschen auf die alte Weise, als Gestalten, als Seelen, als Bewußtsein, als Ganzes." Soll ich Irmi sagen, daß der Tierstudent nicht zu uns gehört: Er wohnt in einem Palais am Ring, und wenn die Arbeiter am ersten Mai aus allen Bezirken unter seinen Fenstern zusammentröpfeln, sieht er auf sie herab und sagt sich: *„Da bin ich doch in einer besseren Lage als die da unten!"*

Der Erstsemestrige kommt auf *die andere Seite* zu sprechen. „Anderseits", sagt er, „kommen mir die Menschen vor wie Apparate, wie Maschinen, die die Störung geradezu zum Programm ihres Funktionierens machen." Ich überlege, ob ich Irmi die Wahrheit über den Tierstudenten sagen soll.

„Man fällt immer von einer Art zu sehen in die andere ..." Das ist die Schwierigkeit! „Einerseits leidet man mit den Menschen, mit ihren Tragödien, mit ihren Konflikten. Andererseits aber ..."

Mir ist langweilig. Es ist so gemütlich hier. Die Räume fließen ineinander über, wie soll ich es sagen, sie wogen aufeinander zu, und alles strahlt vom Licht der Lüster. Alles dient dem Licht der Lüster, man nimmt nichts sonst wahr.

Natürlich, diese sanfte Unzufriedenheit, diese Ungerechtigkeit, aus Schwäche, vor der nichts Bestand hat, vor allem kein *Fest*. „Es ist auch schwer zu glauben", sagt der Erstsemestrige, „daß die lieben Menschen hier von einer lächerlichen Berechenbarkeit sind, während man doch so auf Überraschungen hofft gerade von ihnen ..."

Ich sehe es genau: Der Erstsemestrige probiert, an das nächstliegende Mädchen heranzukommen. Er gehört zu den Menschen, die immer versuchen, unter dem Schutz der Öffentlichkeit intim zu werden. „Da changieren meine Auffassungen", sagt der Erstsemestrige, und so wie er es macht, ist es schwierig, es schärft aber in jedem Fall den Verstand. Überhaupt ist es schwierig, *Sexualität zu organisieren*, wie Georges das nennt, der es auch nicht schafft, es dafür aber treffend unmenschlich bezeichnen kann.

Zum Hohn auf aller Menschen Mangel schlage ich eine Orgie vor. Soll ich es also Irmi sagen, die Wahrheit über den Tierstudenten, soll ich es ihr flüstern? Ich fühle mich dazu verpflichtet, aber ich weiß, daß nicht jede dem Ansturm der höchsten Moral gewachsen ist und manche die Kraft der Forderung gegen den Moralisten wendet. „Eine Orgie", sagt eine gewisse Susi, „ist aber nicht lustig. Eine Orgie", sagt sie, „stelle ich mir so vor, daß sie in die Tragödie mündet." Der Erstsemestrige wittert aber dennoch eine Orgie und denkt sich: Eine Orgie, und das schon im ersten Semester!

Eine Masse von Wienern und Wienerinnen ist glücklich. Sie treiben es aber am Stephansplatz! Friedliche Geschoße mit

Leuchtfeuerschwänzen und das Geläut der Glocke, das, wie man sagt, zur rechten Zeit mit den Menschen eins wird. Das neue Jahr beginnt um 0 Uhr. Wer darüber zu glücklich ist, gegen den schreitet gleich die Polizei ein. Ein Polizist stellt sich vor die Menge und fordert *die Auflösung der Versammlung*. Das hat er in der Nacht zuvor geträumt, und auch, wie Tausende unter seinem kalten Mistelbacher Blick in ein enges neues Jahr trotten. Doch der Widerstand gegen die Dorfgewalt ist heute groß. Etwas Barbarisches erfaßt die Menge; sie läßt sich von der Polizei nichts sagen, die Polizei wird sprachlos. Einige Barbaren rühren daher in der Masse um. Dabei kommt Irmi zu Fall. Sie brüllt: *„Österreich ist das einzige Land, in dem die Leute so blöd sind wie die Polizei!"* Das ist peinlich. Der Erstsemestrige beginnt darüber fürchterlich zu lachen. Das macht Irmi Angst. Der Mut hat sie verlassen, und sie fürchtet, *lächerliche Paranoia*, das Gelächter könnte die Polizei auf sie aufmerksam machen. Aber hier und da kommt die Polizei tatsächlich wieder zu Wort ... findet ihre Sprache wieder.

„Ich hätte mir nie gedacht, daß ich heute noch Sessellift fahren werde", sage ich zur tragischen Susi, in deren Auto wir uns schaukelnd zwängen. Susi lacht wie eine Stewardess, die im Flugzeug zum 5000. Mal gefragt wird, wo man denn hier aussteigen kann. Sie lenkt ihren Kleinwagen chic aus dem Parkverbot: „Er hat überall Platz." Aber Georges hat keinen. Er ist im letzten Jahr immer dicker geworden, er verträgt keine Diät, jedesmal, wenn er eine versucht, bekommt er einen Ausschlag. Aus der Psychologie weiß er, daß die Eßsucht die schlimmste ist, denn es ist nicht möglich, auf ihr Suchtmittel zur Gänze zu verzichten. Georges röchelt im Fond. Wir fahren durch die Stadt, aber Stadt ist nicht anwesend, die Stadt ist eine Lüge. Wir fahren am Wienfluß entlang, der Wienfluß ist eine Art Betonbehälter, in dem altgewordene Wassertropfen aus Beleidigtheit über die Kälte erfroren sind. Wir fahren durch einen Bezirk, und über den

Bezirk sagt der Tierstudent, auf dessen Schoß Irmi eingeschlafen ist: „Diesen Bezirk sollte man zuschütten." Die Stadt ist eine Stadt und ist am allerwenigsten die Sammlung der Bilder, die sie über sich zuläßt. Die fünf, die durch die Stadt fahren, sind die Stadt, egal, was man über sie sagt. Wir fahren zu Andrea. Um den Schrecken vom Stephansplatz loszuwerden, erzählt der Tierstudent eine Geschichte von der Polizei, mit der er schon großstädtische Erfahrung gemacht hat. Er behauptet, mit Irmi an einem Würstelstand Würstel gegessen zu haben, und da seien sie von zwei Kriminalbeamten beobachtet worden. Es seien zwei gewesen, von den Paaren Würstel hätte der eine *die linken Würstel* und der andere *die rechten Würstel* beobachtet. Eine Funktionsaufteilung! Aber so geschickt, daß sie aus lauter Unauffälligkeit kaum zu bemerken war.

Will man Andrea besuchen – sie wohnt in einer Genossenschaftswohnung –, muß man zuerst durch ein Hauptportal, dann über einen Hof an zwei Nebenhäusern vorbei, dann durch eine kurze Unterführung zum Haupthaus, dann um das Haupthaus herum, dann durch ein Nebenportal in das Haupthaus hinein, dann mit dem Aufzug in ihre Wohnung hinauf, dann ein paar Stiegen zur Wohnung hinunter, und schon steht man vor ihrer Tür. Alles ist eben die Frage von Zugängen, und dieser hier ist eben die sozialdemokratische Nuance großbürgerlicher Villenabgeschlossenheit, aber er paßt nicht zu Andrea, denn sie lebt alternative Lebensformen, das heißt: einen Buddhismus auf marxistischer Grundlage oder umgekehrt einen Marxismus auf buddhistischer Grundlage, in jedem Falle *eine Grundlage* und nichts zu lachen, denkt man an den üblichen Daseinspudding, den die anderen auf ihren Märkten ausstellen. Andrea ist ein lieber Mensch. Sie hat einen „Black is beautiful"-Wuschelkopf und ist zärtlich zu allen Menschen, die sie mag. Da sie alle mag, ist um sie herum eine Aura schwebender Zärtlichkeit, ein Astralleib umfassender Güte, an dem sich jeder nichtswürdige Zynismus erwürgt. Georges läutet, und der Wuschelkopf schaut heraus. „Wir sind da“, sagt einer für all die anderen, die Unerwarteten. Andrea sagt nichts, wir folgen ihr ins Zimmer. Wäre der Erstsemestrige mitgekommen, er hätte sich gleich aufs Bett geknallt. So aber ist dort Platz für mich. Die anderen sitzen auf dem Teppich. Andrea stellt ihre Freundin Uschi vor, fragt, wer *Tee* will und wer *Wein* will. Ich sage, daß man das Licht abdrehen soll, weil da Lichtverhältnisse herrschen wie im grellen Forum-Kino vor der Vorstellung. Dann haben wir alle nichts gesagt, nur Georges, etwas kränklich, kutzt vor sich hin. Schließlich versucht er gutmütig, ein Gespräch zu eröffnen. Er erzählt von einem Achtjährigen, der einem sechs Wochen alten Hund das Onanieren beigebracht hat, worauf der Hund das Kind immer wieder angesprungen ist. Irmi sagt: „Georges, du bist ein Gemütsmensch!“, und Andrea sagt: „Georges, ich hab’ dich zum Kotzen lieb!“ Das muntert ihn auf. Er erzählt, die Mutter von dem Achtjährigen hätte Angst bekommen, der Knabe könnte mit seiner Schwester noch Ärgeres anstellen. „Er könnte ihr ja wehtun“, soll die Mutter gesagt haben. „Georges!“ sagt Irmi. „Kusch“, sagt der Tierstudent, und damit ist schon wiederum der Fluß des Gesprächs ins Stauen geraten.

Nach langer Zeit stellt Uschi die These auf, daß Peter Alexander ein Arsch ist. Susi vertritt die gegenteilige Meinung. „Peter Alexander“, sagt sie, „arbeitet sehr gründlich.“ Ich habe Alexander immer geliebt. Gewiß, wenn es eine singende Säge gibt, dann ist er ein singender Sack alter deutscher Illustrierter, so wie sie in der Papiersammlungsaktion der Gemeinde zu Haufen in den Hauseingängen herumliegen. Aber ist das nicht schön? Die erwachte Irmi weist alles zurück. Sie stellt endgültig fest, daß Alexander dasselbe ... ist wie André Heller. Susis Widerspruchsgeist erträgt das nicht. Sie sagt: „Auch André Heller arbeitet sehr gründlich.“ Es ist wahr, alle arbeiten sehr gründlich. Ich habe auch André Heller immer geliebt, aber während mir die Kritik an ihm gleichgültig ist, hasse ich die Kritik an Peter. Die alten Filme mit Gunther Philipp, dem Sancho Pansa an seiner Seite, und später dieser frisch arische Humor in den westdeutschen Shows, diesen Expeditionen in die Wüsten der geldschwangeren Blödheit, an deren Spitze er, ein Wiener, ohne den sich kaum einer vorstellen könnte, wie der hier geborene Mensch wirklich aussieht: Hier also ist der Mensch. Wann endlich wird er Ehrenbürger der Wiener Stadt?

Wien, die Stadt der Kunst und der Künstler, die Stadt des freien musischen Aufatmens gegen den Rest der bedrückenden Welt, die Stadt, in der die Cafétiers die Schulschwänzer wieder zurück in die Schule treiben. Das kann man übrigens wirklich beobachten, am besten so gegen zehn, günstig ist die Fichtegasse, denn sie ist nicht weit von Schönbrunn, wohin man danach gehen kann. In der Fichtegasse sieht man, so gegen zehn, schon aus der Ferne die gekräuselten Schafsrücken der Sechzehn- und der Siebzehnjährigen, die durch die Portale – wie von einem Sog – ins humanistische Gymnasium gezogen werden, eine optische Täuschung, denn es sind ja die Cafétiers, die hinter ihnen den Zug in Bewegung setzen. Der *Wiener Schultrieb* ist eine Attraktion wie die Wachablöse am Buckingham Palace. Auf 100 Unmündige kommen 3 Cafétiers, wir sind eben eine Großmacht im Musischen. „Ja“, sagt der Tierstudent, durchaus in der Lage mitzusprechen. Auch er kennt einen Dichter im Kaffeehaus. „Der Dichter“, sagt der Tierstudent, „betrinkt sich wie alle Menschen. Anders wird er erst, wenn er ganz betrunken ist. Er säuft sich so an, daß er die Kaffeetrinker zur Rede stellt und ihnen erklärt, sie seien *ungustiös* und hätten nichts gelesen. Dabei schimpft er auf einen gewissen Zenker, der *‚das Beschreiben der Alltagsrealität für Realismus‘* halten soll, eine grauenhafte Oberflächlichkeit in der Tat, *‚unter der noch Generationen künftiger Dichter, denen es mit der Sprache ernst sein wird, leiden müssen‘*.“ Aber es ist natürlich unsicher, ob das nicht der Dichter Zenker selber war, der, geschult in Wespennestern der Szene, auch als eigene Antithese reüssieren möchte. Cosí fan tutte! „Kunstfragen", sagt Uschi, „interessieren mich. Ich kenne die Künstler auch aus eigener Anschauung", und sie kichert mit der Freude eines aufgeweckten Menschen am gelungenen Paradox. Andrea erklärt, daß Uschi bei der Fernauskunft der Post arbeitet und „dort ruft hin und wieder einer an". „Einmal", sagt Uschi, „hat der Hrdlicka angerufen, und ich hab' ihn gefragt: ‚Jö, Sie sind der Hrdlicka', und der hat eine irrsinnige Freud gehabt, daß ihn ein gewöhnlicher Mensch so einfach erkennt. Dann aber ist er ganz schön enttäuscht gewesen, als ich ihm gesagt habe, daß ich nur eine Studentin bin, die sich bei der Post Geld fürs Studium verdient. Aber der Hrdlicka ist in Ordnung. Ich liebe den Hrdlicka." Er arbeitet gründlich, würde Irmi sagen. „Es gibt aber schon welche, die nicht in Ordnung sind", sagt Uschi. Sie erzählt, wie eine Kollegin dagesessen ist und gerade in einer internen Mitteilung gelesen hat, daß sich der Chef für den Fleiß der Belegschaft bedankt, „der es ermöglicht hat, *ein Prozent des Personals zur Sicherung der Arbeitsplätze einzusparen*". „Die Kollegin hat sich geärgert, und dann hat sie's mit der Angst gekriegt, weil ja auch ihr Arbeitsplatz gesichert werden könnte. In dem Augenblick hat einer angerufen und ihr ins Ohr gebellt: ‚Ich bin der X vom Fernsehen' (na, wie heißt er denn, so ein Kunstschwadroneur ...), ‚und ich wünsche sofort ...!' Dem ist die Kollegin gleich ins Wort gefallen und hat gesagt: ‚Ich bin der Kaiser von China, und Sie können bei mir als Butterfly gastieren, aber sonst auch schon gar nichts!' Daraufhin hat der eine Dienstaufsichtsbeschwerde veranlaßt, und die Kollegin ist heute noch arbeitslos."

In Andreas Spannteppich-Wohnung von der Genossenschaft ist der Fernseher an. Er sieht aus wie eine unorthodox, aber bequem aufgestellte knallrote Hutschachtel, allerdings mit einer etwas exhibitionistischen Vorderfront, auf der gerade Theo Lingen ausruft: *„Die Sachertorte, Kaiserliche Hoheit!"* und ins Chambre séparée stürzt, in dem gerade

Hannerl Matz mit einem weiß uniformierten Herren, dem Erzherzog, tafelt, der wiederum aussieht, als hätte er seine Berufskleidung nach dem Genuß eines Fish-Mäc von einem Angestellten bei McDonald's geborgt, und so wie dieser Fish-Mäc wiederum sieht das Fernsehprogramm jedes Jahr zu Sylvester nach null Uhr aus, nämlich trocken und doch üppig auf die unverdaulichste Weise. „Scheiß auf die Künstler", sagt Irmi. Sie ist nach vorübergehendem Schlaf wieder erwacht. „Ich muß", sagt sie, „um eins bei meinen Eltern zum Essen sein." Der Tierstudent springt auf und hilft ihr ins Gewand. „Um eins", sagt Uschi, „arbeite ich schon vier Stunden." Susi sagt: „Ich bringe euch nach Hause", und wir brechen also, wie man sagt, auf.

Unterwegs (da geht es wiederum zurück, „hinunter", und die Zugänge verwandeln sich in Abgänge) packt mich erneut die sanfte Unzufriedenheit: dieses dauernde Klima der Kritik, diese Triumphe des Mißvergnügens, diese Verbohrtheiten in Kunstgeschmacksfragen, diese *„Orange ist eine schreckliche Farbe"*-Mentalität! Hier kriegt ein jeder schon früh sein Klischee in die Hand gedrückt, das darf er dann ein Leben lang entweder verkörpern oder kritisieren. Es gibt hier Leute, die Jahre in ihren tristen Höhlen lauern, um das Netz zu knüpfen, mit dem sie eines Tages einen Heller fangen werden. Aber Heller steht im Licht der Bühne, wird immer fischiger von den Zugriffen der Dunkelmänner: ein Tycoon der Schmähbranche. Bravo! Es kommt eben darauf an, daß man den richtigen Leuten richtig auf die Nerven geht, dann hat man *eine Reaktion* und wird was. Wien ist eben die Hauptstadt des gesamteuropäischen Nihilismus, de mortuis nihil nisi bene, aber jetzt haben sie ohnedies wieder Beisln, in denen alles auflebt, vor allem diese Dauerlust am Bewerten, am Einschätzen, dieses ständige Herumgruppieren aus engagiertem Desinteresse an den Sachen. Inzwischen hat Georges das Wort ergriffen, die politische Lage im Weltmaßstab. Vielleicht kommt alles von der Schulbildung, aber nicht erst von der höheren, sondern schon von Anfang an: *Das prägymnasiale Syndrom!* Auch diesbezüglich habe ich einen Lebenslauf, mit wechselnden Staatsoberhäuptern an der Klassenfront. Ich bin in die Stättermayergasse gegangen, anfangs aber in die Hakengasse, niemals in die Benedikt-Schellinger-Gasse, hatte jedoch mein Leben lang das Gefühl, in der Benedikt-Schellinger-Gasse wäre allein die Elite zu Hause, die Hochschule der Volksschulen, die Sonderschule für die außergewöhnlichen Volksschüler. Ich aber mußte in die Stättermayergasse, ein Kinderleben lang, nachdem ich den Schulanfang schon in der Hakengasse mitgemacht hatte, wo ich mich vorsorglich schrecklich aufgeführt hatte, was umsonst war, denn dann wurde ich, wie schon gesagt, in die Stättermayergasse versetzt, wo ich mich erst recht wiederum aufführen mußte, um halbwegs mit derselben Aufmerksamkeit rechnen zu können, die ich mir für eine Karriere in der Hakengasse schon gesichert hatte. Ein katastrophaler Bildungsweg, ein schreckliches Curriculum! Georges spricht natürlich auf Hochschulniveau. Da verbünden sich die Staaten auf interessante Weise, bilden Achsen, damit sie schneller zum Kreuz der Völker werden: „Die BRD erhält als wichtigstes Instrument der USA die Aufgabe ... Die rückständige nationale Souveränität der einzelnen westeuropäischen Staaten ... die SU muß als Verbündeter der um ihre Befreiung kämpfenden Völker ..."

Aber vielleicht kommt es nur vom vielen Sitzen. Alles, was hier von Bedeutung geschieht, geschieht im Sitzen, selbst der Müßiggang, und es geschieht, indem es (einem) gesagt wird. Deshalb spielen die Wörter hier eine so sagenhafte Rolle. „Die Metropolen", beschließt Georges seine Ausführung mit einer unvermuteten Wendung, „die Metropolen ..."

Draußen ist es kalt. In Celsius vielleicht minus 20 Grad? Wir kommen an einem Burenwurststand vorbei, einer Lichtquelle. Ein Amerikaner steht davor und sagt zum Würstelmann: „I wonna have a börrenwörst!“ Eine ältere Hur daneben ruft im Vorübergehen ausgerechnet mir freundlich und treffend zu: „Gelt, dir friert das Arschloch ein!?“

Das MG 42 in der Geschichte

I

Ich bin Soldat gewesen, und man hat mir ein Maschinengewehr aufgeladen, ein MG 42 mit Hakenkreuz. Ich habe gesagt, ich werde kein Hakenkreuz tragen. Ich habe dem Oberleutnant gesagt, daß ich mich gegen ein Hakenkreuz zur Wehr setze. Der Oberleutnant hat geantwortet, ich sei Soldat und müsse den Befehlen gehorchen. Ich habe gesagt, mit solchen Gewehren seien Juden erschossen worden. Der Oberleutnant hat geantwortet, daß das vorbei sei und daß auch die Juden heute gelernt hätten, andere zu erschießen. Ich habe gesagt, daß ich auch Jude bin und daß ich das nicht lernen will. Das hat den Oberleutnant amüsiert. Er hat gesagt, daß ich mich in Israel anscheißen würde. Ich habe gesagt, anscheißen tu ich mich nur hier. Das hat den Oberleutnant geärgert. Er ist aufgestanden, hat beim Fenster hinausgeschaut und so getan, als ob er die Inschrift studierte, die auf einer der Baracken angebracht war: SI VIS PACEM PARABELLUM.

Dann hat der Oberleutnant gesagt, er hätte nichts gegen die Juden, er hätte sie nur nicht gern, solche wie mich, Leute wie mich in seiner Kompanie. Juden, hat der Oberleutnant gesagt, sondern sich ab und stellen Ansprüche. Da habe ich dem Oberleutnant gesagt, ich sei nur ein Vierteljude. Der Oberleutnant hat gelacht und gesagt, da könnte ich ja das Gewehr mit den anderen drei Viertel tragen. Das hat mich trotzig gemacht, und ich habe gesagt, ich sei als Ganzes verjudet. Darauf hat der Oberleutnant wieder die lateinische Inschrift studiert. Er hat gesagt, weil ich ein Jude wäre, würde er mit mir weiter reden und mich nicht einsperren. Er würde mit mir von Mensch zu Mensch reden, und ich solle mich nur setzen und es mir gemütlich machen. Dann hat er mich gefragt, ob ich die Judenserie in der Kronenzeitung gelesen hätte. Ich habe gelogen und gesagt, ich hätte sie nicht gelesen.

Das hat der Oberleutnant bedauert, und er hat gemeint, daß die Serie eine gemeinsame Gesprächsbasis gewesen wäre. Ich habe nichts gesagt und gedacht, unsere gemeinsame Gesprächsbasis ist das MG 42. Dann hat der Oberleutnant gesagt, daß er nichts gegen die Juden habe und daß auch er als Salzburger die Leistung der Juden für die europäische Kultur zu schätzen wisse. Er hat gemeint, daß man von den Juden viel lernen kann, auch auf militärischem Gebiet, und daß das nicht so einfach ist, wie manche seiner Kameraden glauben. Aber ein Jude in der Kompanie, hat der Oberleutnant gesagt, ist ein Unsicherheitsfaktor. Die meisten Juden seien sehr intelligent, aber auf eine Weise, die man nicht immer brauchen könnte.

Intelligent, habe ich gesagt, bin ich nicht, aber auch nicht brauchbar, wenn brauchbar etwas mit einem Maschinengewehr zu tun hat. Darauf hat mir der Oberleutnant auf den Kopf zugesagt, daß ich mich nur aufspiele und daß es mir gar nicht um das Maschinengewehr gehe. Er hat gesagt, er ließe es sich nicht einreden, daß ich mir wirklich vorstellen könnte, mit diesen Gewehren seien *Juden erschossen* worden. Ich wolle mich nur davor drücken, beim Gefechtsdienst die elf Kilo MG 42 herumzuschleppen. Dann hat der Oberleutnant gesagt, daß sein Vater im Krieg bei einer schweren Kompanie gewesen ist und noch viel schwerer zu tragen hatte als jemals irgendein Soldat im Bundesheer. Ich habe ihm geantwortet, daß mein Vater nicht auf der Seite seines Vaters gestanden ist und daß mein Vater zwar nicht schwer zu tragen hatte, dafür aber umso schneller hatte laufen müssen, um nicht von der GESTAPO erwischt zu werden, und weil er nicht erwischt worden ist, stehe ich heute da und lasse mir kein MG 42 aufhalsen, auch wenn ich mir nicht wirklich vorstellen kann, daß man damit Juden erschossen hat. Das ist eine Provokation, hat der Oberleutnant gesagt, und außerdem ist es nicht wahr, daß sein Vater auf der Seite der GESTAPO gestanden ist. Damals ist sein Vater Soldat gewesen, und er selbst, der Oberleutnant, ist heute Soldat und auch ich sei heute Soldat und es hätte keinen Sinn über das zu reden, was gestern war. Das MG 42, habe ich geantwortet, ist auch schon gestern gewesen, und wenn ich es heute nicht tragen müßte, würden wir auch nicht davon reden, was gestern gewesen ist. Außerdem, habe ich gesagt, bin ich kein Soldat. Das ist ein Irrtum, habe ich gesagt, daß einer, der eine Uniform trägt, deshalb Soldat sein muß. Ein STAATSBÜRGER bin ich, habe ich gesagt und mich aufgeregt, weil ich kein Soldat sein möchte, was immer auch geschieht. Das ist eine Provokation, hat der Oberleutnant leise gesagt, und er hat mich gefragt, ob ich glaube, wie lange er sich das noch gefallen lassen würde. Da habe ich es mit der Angst bekommen und gesagt, der Herr Oberleutnant müsse mir verzeihen, aber unser Gespräch sei doch eines von Mensch zu Mensch, und es ginge dabei nicht um die Rangabzeichen, sondern nur um eine Aussprache, die notwendig geworden ist, weil ich das MG 42 nicht tragen kann. Darauf hat der Oberleutnant wieder die lateinische Inschrift studiert. Dann hat er sich vor mich hingestellt, mich angeschaut, und als ich aufspringen und Habtacht machen wollte, hat er gesagt: „Sitzen bleiben!" Der Oberleutnant hat dann ironisch gemeint, wenn er schon zu mir als Mensch sprechen soll, weil ich als Soldat nicht sprechen kann, dann soll doch auch ich als Mensch zu ihm sprechen und davon absehen, daß er gelegentlich Soldat sein müsse. Dann hat der Oberleutnant gesagt, daß es ihm egal sei, ob ich ein Jude wäre oder nicht, als Staatsbürger hätte ich meine Pflicht zu tun, und falls ich dazu nicht in der Lage sei, wäre es seine Pflicht, mir dabei zu helfen. Ließe ich mir dabei nicht helfen, hat der Oberleutnant gesagt, so wäre das Befehlsverweigerung, in jedem Fall eine unangenehme Geschichte. „Damit", hat der Oberleutnant gesagt, „sind wir allerdings dort angelangt, wo wir schon am Anfang waren. Sie werden mir jetzt die Geschichte von ihren Juden erzählen, und ich werde einsehen müssen, daß es wenig Sinn hat, mit jemandem, der eigentlich nur den Wehrdienst verweigern will, von Mensch zu

Mensch zu reden.“ Dann hat der Oberleutnant gesagt, daß ich mich als Vierteljude schämen sollte, mich auf den Mord an Millionen von Juden zu berufen, und das nur deshalb, weil ich mich einer staatsbürgerlichen Pflicht entziehen wollte. Dieses Heer, hat der Oberleutnant gesagt, das verlangt, das MG 42 zu tragen, sei ein demokratisches Heer, sei gerade dazu da, um zu verhindern ... Da habe ich den Oberleutnant unterbrochen und ihm gesagt, daß ich das nicht glaube. Dann habe ich ihn angeschrien und gesagt, er sei ein Lügner, ein „Faschist“, und diese Kaserne, habe ich geschrien, ist einmal eine SS-Kaserne gewesen, und das sei sie auch heute noch, habe ich geschrien, und dann habe ich geheult, weil ich es einfach nicht mehr ausgehalten habe und weil mir alles auf einmal klar gewesen ist, alles war mir auf einmal klar, klar war mir, wie das mit den Juden gewesen ist und mit diesem ganzen Scheißmilitär, und ich habe gewußt, daß man aufhören muß damit, Schluß machen, und dann habe ich den Oberleutnant an der Uniform gepackt, und ich habe mich so stark gefühlt, aber das hat mir nichts geholfen, denn der Oberleutnant war viel stärker als ich, und er hat mich geschlagen, von Mensch zu Mensch geschlagen, und ich bin dann ohnmächtig geworden, und niemand hat mir geholfen.

Als ich dann aufgewacht bin, hat der Arzt gesagt: „Das war aber eine schöne Inszenierung“, und ich habe geantwortet: „Herr Doktor, das war keine Inszenierung“, und da hat der Arzt gesagt: „Nix Doktor, OBERSTLEUTNANT!“

II

Die Geschichte ist der groß angelegte Beweis dafür, daß wir sterben werden. Gegen diese Unwiderlegbarkeit kann man nur zu überleben versuchen, ohne Verheerendes anzustiften. Vielleicht genügt es, *bloß* zu leben, aber das ist unwahrscheinlich, denn um Gegenwart, um Souveränität, um das Ausspielen der gewissen Macht, daß man da ist, geht es vor allem. *Wer noch atmet, ist im Recht.* Gegen das Dasein nützt keine Reflexion, es beugt sich nur der jeweiligen, aber eben auch daseienden Macht. Alle Versuche, so zu tun, als wäre man darüber hinaus, wollen nur die Ohnmacht wettmachen, in der man gerade durch seine Ausflüchte befangen bleibt. Das Dasein ist schlicht und dogmatisch, die Lügen der Transzendenz können ihm nichts anhaben. Seltsam, wie eines Tages die Nebenfiguren, wenn alles vorüber ist, ihre Chance wahrnehmen, zu Hauptfiguren werden, indem sie für uns den Extrakt des Vergangenen verkörpern. Die Bruchbuden früherer Leben enthalten günstige Angebote, man braucht sie nur zu plündern, es finden sich schon Überlebende, die uns kundig dabei anleiten, oder auch „Historiker", die es gelernt haben, sich auszukennen, und die ihr Wissen weitergeben. Sie meinen, dies wäre alles, aber es gibt noch das Unheimliche der konkreten Stimmen, die gegen die trostlose Vagheit ihrer Zeiten, gegen die vergangenen unrettbaren Ansprüche auf Macht und Gegenwart klar geblieben sind. Diese Stimmen machen uns zur Nachwelt, und während ihre verlorene Gegenwart zugrunde, ins Nichts gegangen ist, überliefern sie das Verdrängte, das von den Agenturen ehemaliger Präsenz Totgeschwiegene, dem Vergessen aggressiv Empfohlene, und es scheint, als wäre gerade dieses der uns aufgegebene Lebensinhalt, an dem wir scheitern. *Wer noch atmet, ist im Unrecht.* Mit einem Mal entpuppen die Insassen der Gegenwart sich als die Hoffnungslosen, als die Aussichtslosen. Im Bewußtsein des Verdrängten vergeht der Triumph, da zu sein, und wir stehen vor der Einsicht, auch nichts anderes fortzusetzen als eine Geschichte aus Teilstücken, aus Leichen ungelebten und flach gelebten Lebens. Die Geschichte, der Raum der Schlachtfelder, seitdem diese sich geographisch nicht mehr einfrieden lassen, sondern in Weltkriegen alles überschreiten, was denkbar ist, ist wirklich die Präsenz des Todes, der sich schließlich und vorübergehend verborgen hat in den Wundern der Wirtschaft und in einer gleichgültigen, ethisch neutralen Alltäglichkeit, unser alltäglich Brot, beherrscht von den Untoten, die kein Leben mehr zu verlieren haben, weil sie tot sind, und den Tod, den sie verdrängen, propagieren. *Hier ist so viel von Leben und Tod die Rede, ist das eine Stilübung?* Aber ich kannte wirklich einen, dem eine Zeit so vergangen ist, als wäre sie ihm überhaupt entgangen; er wirkt wie das kühle Grab seiner Vergangenheit.

Gewiß, es ist zu viel gehofft von der kurzen Spanne des irdischen Daseins, fünfzig Jahre, achtzig Jahre, sechzig Jahre, aber auch zwanzig, achtzehn oder nur zehn, etwas zu erwarten, und schon gar nicht das Bessere, nur, daß das Gute bekannt ist, aber nicht gelebt werden kann, ist unverzeihlich. Wir rächen uns dafür, indem wir, was wir schon wissen, nicht zur Kenntnis nehmen. „Schauen Sie", sagte er, „das Leben ist ein Dschungel, man wird nackt hineingeworfen, und sechzig Jahre später in einer Kiste wieder herausgetragen. In der Zwischenzeit versucht man, das Beste draus zu machen." Was eintrifft, läßt kaum mit sich reden, es ist nämlich schlicht und dogmatisch, wie es auch die Körper sind, gegen deren Krankheit und Verfall keine Diskurse helfen, wenngleich gerne an Zauberei, an allerlei Formeln, an Rituale, ja sogar an die Geschichte geglaubt wird. Die Zeit geht vorbei und streicht einen nach dem anderen von uns durch. Damit daraus Geschichte wird, muß schon was los sein. Die Geschichte ist der Schlund, in dem die Individuen zu Gererationen verschwinden, tonnenweise, aber doch gewichtlos, ihr dumpfes, vergessenes Fortsein, ihre gleichgültige Abwesenheit, die zurückgelassenen Ruinen der Lebensgeschichten, dieser einst von Trauer und Freude durchwirkten Mikrokosmen, und dabei das Weiterleben, und dabei der Fortbestand der abtötenden Verhältnisse, die einzig und allein ins Gewicht zu fallen scheinen. Die Geschichte ist nämlich auch der Raum, in dem sich die zeitweilig unauflösbaren Konflikte der Menschen bereinigen, indem sich ihre historischen Borniertheiten aneinander, auch grausam, abarbeiten, so daß immer bessere Zeiten kommen werden. Mehr ist nicht möglich. Vor allem gibt es auf dem Boden der Geschichte keine grundsätzlichen, endgültigen Lösungen, aber die relativen selber sind schon ein unermeßlicher Segen. Die Hasser der Geschichte, Spießer, die ungeschoren davonkommen wollen, oder hochgebildete Melancholiker, die wünschen, nicht geboren zu sein – was für ein Komiker wurde Cioran auf diesem Wege –, unterschlagen die bescheidenen Chancen, zu denen allerdings auch die totalitären Lösungen gehören. Denn der Reformismus, seine Apotheose des Relativen, kann in schweren Zeiten ein größeres Übel sein als die von uns ordentlichen Menschen so gehaßte Revolution. Es gibt aber keine systematischen Gewißheiten über die Geschichte, die Praxis sprengt die Begriffe aller weltgeschichtlichen Gutachten, das heißt jedoch gerade nicht, daß man der Geschichte ohnmächtig gegenübersteht; sie erfordert vielmehr eine bestimmte Art von Urteilsfähigkeit, die die Mächtigen im Lauf der Zeiten monopolisiert und pervertiert haben. Auch deshalb konnten so viele Aufstände nichts anderes bringen als eine neuartige Semantik der Unterdrückung. In der Herstellung des riesenhaften Produkts menschlicher Entfremdung, das wir Geschichte nennen, schieben sich die Konflikte langsam vorwärts und fallen, wie die Fünf-Schilling-Münzen im Unterhaltungsapparat, schließlich aus dem Spiel. Spielt man gut, kann man kassieren, spielt man schlecht, muß man bezahlen. Es ist ein Glücksspiel, in das man sich auf eigenes Risiko einschalten und dessen Mechanismen man aufklären kann. Es ist ein Spiel, das man beherrschen muß, denn seine Regeln laufen darauf hinaus, die Spieler zu unterwerfen. Sie hat ahnungslose Opfer zum Ornament einer fremden Souveränität zu machen. Wenngleich die Münzen sich zeitweilig entwerten, scheint in der Geschichte der Nachschub unendlich. Die Vorstellung vom Ende der Geschichte ist von der Sehnsucht nach den großen Zeiten getragen. Wer, der jemals im Stahlgewitter stand, könnte die gegenwärtige, gelegentlich für aufregend ausgegebene Langeweile noch für Geschichte halten. Muß er nicht glauben, daß sogar Krieg und Frieden bloß klassische Reminiszenzen sind? Münzen, zwar im Umlauf, sonst aber schon ungültig? Vielleicht jedoch hat es niemals, weise vermittelt von großen Männern, Krieg und Frieden gegeben, sondern die einstige Größe war seit eh und je nichts als der Vorspann zu ihrer jüngsten Mutation, die man im titanenhaften Kunstmaler leicht erkennt und sich billig eingesteht.

Im übrigen ist die Geschichte der Ort des Vergessens. Ohne Vergessen ginge es nicht. Erinnerung wäre lähmend. Die Organisation des großen Vergessens ist eine Arbeit, die jedem Aufbau vorausgeht und ihn dann begleitet. Das Klagen über den Mangel an Trauer wird ins Vergessen integriert, dem Vergangenen werden Denkmäler gesetzt, um die sich professionell erinnernden Kasten bei Laune zu halten. Alle anderen müssen vergessen, um immer wieder neu anfangen zu können. Der Präsident betritt ruhig, gemessen und gemütlich das Flugzeug. Er lächelt. Es ist aber kein freundliches Lächeln, es ist das Reklamesignal desjenigen, der vorangehen wird und der besonderen Schutz beansprucht. Dafür zeigt sein Lächeln, daß er gut beisammen ist und wie gut wir mit ihm beraten sind. In diesem Flugzeug, sagt der Fernsehsprecher, wird der Herr Präsident sein, wenn Krieg ist, von hier aus kann er unbehelligt die richtigen Befehle geben. Der Präsident wird Geschichte machen. Es ist ja sein Geschäft.

AUS DEM WIRKLICHEN LEBEN

Beschreibung eines Wunsches

Die Grazer Autorenversammlung als Paradigma eines Schriftstellervereins der siebziger Jahre

Mir fiel ein, daß mir die Menschen, mit denen ich gesprochen hatte, die Österreicher gepreßt vorkamen, sobald sie redeten, als seien sie innen gestaut und angeschwemmt und es koste sie Mühe zu sprechen, obwohl sie sehr flink in ihren Bemerkungen sind. Doch in den kleinsten Äußerungen ist die Mühe der Artikulation herauszuhören, im Tonfall einer Äußerung, als würden sie am liebsten verstummen, möglichst total, und nur noch ungestört vor sich hinseichen oder gänzlich in Witzeleien, die eine andere Form der Stummheit und Leere sind, sich schnell erschöpfen ... Das Grauen hat hier in der Artikulation die Form eines Spritzgebäcks, das durch zu langes Liegen zwar die Form bewahrt hat, doch den Geschmack verloren hat. Es herrscht in den Körpern ein ganz leerer Überdruck, der beim Sprechen dann in geschwollenen Hälsen und gestautem Blutdrang im Kopf sich zeigt. (Liegt das an den Bergen? Der Luft? Dem Klima der hochgelegenen Länder?)

Rolf Dieter Brinkmann

Die Schreker und ihr Lebensgefährte und die Billroth sind ja nur drei Beispiele für die sogenannte allgemeine Kunstwelt in Österreich. Künstlertum heißt in Österreich für die meisten, sich dem Staat, gleich welchem, gefügig zu machen und sich von ihm aushalten zu lassen lebenslänglich. Das österreichische Künstlertum ist ein gemeiner und verlogener Weg des Staatsopportunismus, der mit Stipendien und Preisen gepflastert und mit Orden und Ehrenzeichen tapeziert ist und der in einem Ehrengrab auf dem Zentralfriedhof endet. Die Schreker, die nicht imstande ist, einen einfachen Gedanken zu entwickeln, und die seit Jahrzehnten nur Unsinn geschrieben hat, gilt ...

Thomas Bernhard

Ein Parteitag oder Grazer Autorenversammlung, mehrere hundert Leute sind anwesend, ich spreche mit Ernst Jandl, gebe ihm Materialien in einer weißen Hochglanzmappe, er braucht sie. Jandl ist ganz in seinem Element. Es hat auch mit Hannas Matura zu tun. Zwischen den Sitzreihen kriecht Busek nach vorn, man lacht. Frisches Huhn? Auch Jandl lacht.

Liesl Ujvary

Wurzhorn, Ratsche, Seitelpfeife und Hackbrett sind typische Instrumente der österreichischen Volksmusik.

Fundstück aus dem Volksmund
der österreichischen Presse

Es kommt selten vor, daß einer über sein Thema so viel Kompetenz besitzt wie ich, vier Jahre lang der Generalsekretär, im Falle der Grazer Autorenversammlung. Vielleicht Kissinger, wenn er über die Weltpolitik spricht. Aber dieses große Beispiel zeigt schon, wie fragwürdig so etwas wie Kompetenz durch eigene Erfahrung sein kann: Es heißt ja nichts als „sich auskennen“, und das ist immer nur eine Art Kumpanei mit den Namen und Verhältnissen, von denen die Rede ist. Was sind eigentlich solche Verhältnisse, was ist eigentlich ein Ereignis, und was geschieht, wenn Menschen handeln, wenn sie gehandelt haben und wenn diese Praxis zum Gegenstand einer historischen Überlegung wird?

Solche Überlegungen verzerren zumeist den konkreten Raum, in dem das Wissenswerte „wirklich“ geschehen ist. Sie sind Klassifikationen nach Ideen aus anderen, aus anders klassifizierten Sphären, und sie machen aus den herbeizitierten einstigen Realitäten Schatten der eigenen Bestrebungen. Niemals ist man an Erkenntnis einer Sprache deshalb reicher, weil man an ihr beteiligt war, selten erkennt man anderseits an späteren Darstellungen auch nur etwas von der Möglichkeit jenes Interesses wieder, das einen einst bewogen hat, sich zu beteiligen. Das Konkrete, jener Kristallisationspunkt in Raum und Zeit, auf das die Individuen, so distanziert sie auch sein mögen, in ihrer Gegenwart eingeschworen sind, verschwindet der gängigen Geschichtsschreibung. Deshalb versagt sie auch davor, ein Gedächtnis zu sein, in dem die Vitalität der Erinnerungen und die Macht des Erinnerten festgehalten sind.

Es gibt eine Salzburger Lehramtsarbeit über die Grazer Autorenversammlung, kein schlechtes Werk im Detail, die aber in der Tendenz auf indirekte Weise die These bestätigt, die sich hier im Folgenden ausbreiten wird: Der Lehramtskandidat unterstellt, daß dieser Schriftstellerverein ein eherner Bote der Freiheit ist, sogar aus überlegenen Einsichten in die Mechanik der Kulturindustrie entstanden, und ich werde hier wohl oder übel damit enden, daß die GAV in the long run doch nichts anderes war (oder hat sein können) als eine jener vielen österreichischen Institutionen, also gemeinsamen Wirkkräfte, die den intellektuellen und künstlerischen Dilettantismus republikfähig gemacht haben.

So tritt also zur kompetenten Kumpanei in meinem Falle die im Grunde noch vertrauensselig gebliebene Aversion und Verachtung des Gegenstandes, wie sie sich ganz typisch aus früheren Naivitäten, aus noch unerledigten Wünschen nährt. Dennoch halte ich meine Auffassungen für objektiv, schon allein weil sie ja wegen meiner Mitgliedschaft ein Teil, wenn auch ein sehr peripherer, des ganzen Systems sind. Und überhaupt, wie anders als auch durch das in den müden Strudel der Ereignisse eingearbeitete Subjekt sollte ein objektives Bild entstehen?

Die Lehramtsarbeit aus Salzburg, der Festspielstadt, in der auch Germanisten wohnen, ist jedenfalls ein paradigmatischer Traktat, der die Selbstanzeigen des Vereins als bare Münze nimmt und sie in die eigene Parteikassa einzahlt: Im Prinzip ist diese Arbeit selber sozialdemokratische Kulturpolitik, als deren hervorragender Exekutor sie die GAV bei aller Distanz eifrig und zustimmend beschreibt.

So nimmt die Wissenschaft in ihren unteren Etagen ebenso wie in den höheren kaum etwas anderes wahr als die Versatzstücke des Zeitgeistes, der ihr gerade noch einleuchtet. Eine gewiß sonst verdienstvolle Germanistin bringt selbst noch die Jahrzehnte durcheinander, wenn es darum geht, den eigenen Vulgärdoktrinen als *„Phasenmodell des literaturhistorischen Ablaufs"* einen dramatischen Auftritt zu verschaffen: „Als Reaktion auf diese Haltung [politischer Abstinenz; A. d. V.] erfolgt in den 60er Jahren mit der Gründung der Grazer Autorenversammlung und der Integration der noch vorhandenen Reste der Wiener Gruppe in diese Organisationsform der radikale Bruch, hin zu Sprachexperiment und politischem Engagement; in den Siebzigern schlägt das Pendel dann wieder zur Innerlichkeit hin aus", na Gott sei Dank!

Roland Innerhofer, ein junger Germanist, hat ein wissenschaftliches Projekt über die GAV realisiert: Der Auftraggeber dafür war, mehr oder minder, der Verein selbst, der sich damit einsichtsvoll zu seinem 10. Geburtstag als ein historisches Beispiel fixiert. Innerhofers Arbeit kommt fast ohne Tendenz aus, sieht man von der ab, die einfach durch den Verzicht darauf entsteht. Aber die aufzählende, rekapitulierende, aktenkundige Haltung seiner Schrift ist nützlich.[1] Sie dient, im Unterschied zur folgenden, ja notgedrungen autobiographischen Abhandlung, wirklich dazu, sich jenes Bild zu machen, das man auch gemeinhin ein „objektives" nennt.

Objektivität ist eben jeweils eine andere, und der an einer Praxis Beteiligte, mit seinen Ressentiments und abgestorbe-

[1]Roland Innerhofer: Die Grazer Autorenversamlung (1973–1983). Zur Organisation einer „Avantgarde". Wien (Böhlau) 1986.

nen Glücksgefühlen, aber auch mit der durch den Lebenskampf geschärften (und nicht bloß getrübten) Sichtweise steht ihr, der Objektivität, vielleicht wirklich nicht näher als der andere, der Wissenschaftler, der vom gelebten Leben zurückgebliebenen Kram studiert. So viel mehr als Kram ist vielleicht in unserem Falle, im Falle der Grazer Autorenversammlung, auch das Leben nicht. Und dafür dann gar die Kategorie der „Betroffenheit" einzuführen wäre lächerlich.

Jedenfalls ist es eine heikle Sache, und ich gebe zu, nichts ist unappetitlicher als das traurige Aus-der-Schule-Plaudern, wenn man sie selbst einst euphorisch mitbetrieben hat. Anderseits, als praktizierender Melancholiker bin ich der Meinung, daß die Gesellschaft ohnedies viel zu wenig Platz gibt für die Enttäuschungsprozesse, die sie ihren Individuen wie selbstverständlich bereitet. So definiere ich also subjektiv: Die GAV ist eine Enttäuschung.

Es lohnt sich, über „die Enttäuschung" nachzudenken, denn sie ist eine sehr lehrreiche ambivalente Strategie: Einerseits ent-täuscht man sich durch sie, kommt also auf eine Wahrheit, die einem bis jetzt verborgen war, und wer könnte es sich leisten, auf die geringste zu verzichten?

Anderseits aber sind die stolzen Träger der Enttäuschung bekanntlich nichtige Nervensägen. Sie sind überall um uns herum, erzählen uns von ihrer Enttäuschung, ganz in der Art der bedauernswerten Patienten, die im Wartezimmer von ihrer Krankheit erzählen. Ist das der Platz, der unseren „Enttäuschungsprozessen" immer noch zuwenig eingeräumt wird?

Die geläufigen Enttäuschungen machen eine Entfremdung zur Identität, zu einer bissigen vielleicht, manchmal zu einer intelligenten, meistens aber zu einer bornierten, der nicht zu helfen ist und die eben darauf stolz ist: Die Hilflosigkeit, daß es in seiner Welt anders als wünschenswert zugeht, hält der Enttäuschte für seine Stärke.

Es ist klar, daß die Enttäuschung in Konkurrenzverhältnissen, vor allem in nicht aufgeklärten wie unter Schriftstellern, besonders hoch im Kurs steht. Schriftsteller halten sich – wenn schon nicht für geistige, so doch automatisch und manchmal sogar, ohne es zu wissen – für bessere Menschen. Auch meine Enttäuschung über die Grazer Autorenversammlung ist vielleicht ein wenig durch den Dünkel definiert, von Schriftstellern, denen ich im Verein angehörte, mehr zu erwarten als von jedermann sonst.

Es ist klar, warum man in neueren Regungen des Geisteslebens den Enttäuschten nicht mehr haben möchte. Ein Denker von heute macht sich fröhlich an seinen vielverzweigten Themen zu schaffen und fixiert, was nicht zu ändern ist, keinesfalls mehr mit dem eitlen Moralismus des alten „Intellektuellen", der vielleicht sogar „seit der Weimarer Republik" nicht aufgehört hat zu klagen.

Dazu kommt noch, daß alle Enttäuschung, wenn sie von sich bedeutsam spricht, immer auf eine typische Weise ungerecht wirkt. Hier zum Beispiel ist einer von der Grazer Autorenversammlung enttäuscht, aber er verdankt diesem Verein nicht nur für vier Jahre ein (lächerliches) Gehalt, sondern vor allem die Möglichkeit, sich in jenen Betrieb einzuleben, der es ihm jetzt gestattet, seine Enttäuschung darüber öffentlich vorzutragen.

Vielleicht sind aber auch die Prämissen falsch, mit denen ich meine Enttäuschung in eine rationale Form bringe, um sie anderen zu verstehen zu geben: „Öffentlichkeit", zum Beispiel, als mein verletztes Ideal, von dem noch die Rede sein wird, läßt sich leicht als profitables Element üblicher Selbsttäuschungsmanöver der pseudosubversiven Intelligenz enttarnen – wenn man nur ein bißchen Bourdieu rezipiert hat, was aber heutzutage jeder Kursbuchautor kann, siehe zum Beispiel Kursbuch Nr. 84: „Sprachlose Intelligenz?", mit Fragezeichen, damit niemand gleich was Falsches glaubt.

Aber auch mein Hang zur Utopie des Urbanen, ohnedies, wie man sehen wird, etwas gemildert durch die durchaus nicht unmodische Abneigung gegen opportunische Zentralisierung, ist vielleicht nicht der Rede wert. Einer der Metropoliten der französischen Philosophie in Wien hat in einer Polemik gegen die Metropolen explizit über die Grazer Autorenversammlung gesagt, daß ihr Tagen in der Großstadt nichts zur Sache tut, weil das dichterisch-subversive Sagen ja anderswo zu Hause ist. Handke, Bernhard, Achternbusch kommen vom Land, und die Asphaltliteraten haben das Nachsehen.

Die zentrale Verzerrung des Enttäuschten resultiert aber weniger aus der unendlichen Reihe seiner möglichen verknöcherten Prämissen. Sie ist grundsätzlicher Natur: Der Enttäuschte betrachtet nicht bloß den Wunsch, sondern alles, was in dessen Folge passiert, also die ganze Geschichte, aus der Perspektive der Wunscherfüllung. Er ist die Marionette seines frohen Hoffens, aber das Erfüllungsdenken macht den Lebensweg eng, und wenngleich man sich für die Enge Übersichtlichkeit und Orientierung eintauschen mag, entgeht einem vieles, was sonst noch zu sehen wäre, hätte man nicht ausschließlich sein Ziel vor Augen. Dafür kennen sich die Enttäuschten sehr gut aus, sie wissen genau, was oben, was unten und was links und was rechts ist. Neben dieser geräumigen Sicherheit ihres Denkens sind sie sich vor allem gewiß darüber, was sie empfinden und mit welchem Recht sie ihre Empfindungen anderen öffentlich zumuten. Ihre Empfindungen haben sie ontologisiert, ihr Bewußtsein ist das Sein, nach dem sich nichts richtet, aber alles sich richten soll. Daraus ergibt sich, was die Enttäuschten so außergewöhnlich widerwärtig macht: Sie sind nur gescheiterte Triumphatoren, und man kann sich vorstellen, wie sie hochtrabend dahergaloppieren würden, wäre ihnen das Unternehmen gelungen.

Freilich umgekehrt wiederum beziehen altmodische Kritiker der Enttäuschung ihre Stärke zumeist aus einem weitverbreiteten sozialen Darwinismus, der sie genau wissen macht, wer oder was zu überleben hat und wer oder was nicht. Ihre Stärke, die Impotenz der anderen, ist aber auch nur ein

Schwindel. So ein Darwinist lebt sich plump aus, indem er aus Menschen nur „success“ oder „failure“ herauspräpariert, also den sachlichen Gehalt erfüllter oder gescheiterter Bestrebungen unterschlägt. Nicht uninteressant ist in dem Zusammenhang die politische Publizistik von Ernst Topitsch, einem Grazer Ideologiekritiker, der den derzeit Mächtigen gerne versichert, daß sie nichts zu befürchten haben, weil ja jede Utopie im Katzenjammer der Enttäuschung landet. Aber in den Versicherungen des Philosophen steckt so viel Ressentiment gegenüber den Lebensäußerungen (die er wahrscheinlich ohnedies zu Unrecht in den „Utopien“ vermutet), daß man sich peinlich berührt von seinen aufgeregten Schriften abwendet.

Der langen Rede kurzer Sinn: Ich glaube, daß letzten Endes das Ressentiment, also die gespeicherte und stets aktualisierbare Enttäuschung, sich als die tragende Stimmungslage der siebziger Jahre unter jenem „beherrschten Teil der herrschenden Klasse“ erweisen wird, zu dem nach Bourdieu die Schriftsteller gehören, was sie nicht zuletzt in ihren begehrlichen Vereinigungen zum Ausdruck bringen.

Aber ich glaube auch, daß das Ressentiment jenes Teils der herrschenden Klasse stets wächst, dem es an nichts fehlt außer vielleicht an der Plausibilität seiner Publizistik, an der intellektuellen und „wertsetzenden“ Macht, von der in diesem Lande ein jeder glaubt, daß der andere sie hat, und während sie einander bezichtigen, ist in Wahrheit keiner imstande (oder hat auch nur Lust darauf), sie wirklich auszuüben. Deshalb wird hier das Ressentiment bald ins Ungeheure gewachsen sein, und es fragt sich, falls es das überhaupt noch gibt, wie man eine „berechtigte Enttäuschung“ noch mit moralischem Ernst vorbringen kann.

Gewiß, es gibt vor allem in unserer kleinbürgerlichen Literatur, und eine andere haben wir noch nicht, das ewig traurige, ebenso trostlose wie erfahrungslose Wesen Mensch. Aber solche Symbolisierungen eines melancholischen Fundamentalismus sind vielleicht nur antithetische Abziehbilder der höllischen Heiterkeit, die sonst herrscht. Freilich, unsere Hölle, aus wunschlosem Unglück errichtet, ist nur klein: Österreich. Ein Land, das ist nichts, was außerhalb der Menschen wäre, ist keine bloße Landschaft. Die Landesgrenzen bestimmen, wie frei einer atmen kann. Wie frei atmet man hier, oder wie sehr sehnt man sich nach freiem Atem?

Das Klagen über die Enge macht nicht stärker. Es ist keine Kunst zu erkennen, daß die österreichische Enge sich in den geläufigen Klagen darüber oft nur verdoppelt. Aber daß die Klage auch bloß ein Symptom der Enge ist, widerlegt sie nicht, im Gegenteil, es erweitert ja den Geltungsbereich der ursprünglichen Behauptung, indem jetzt sogar diese selber unter ihren negierten Inhalt fällt.

Die Behauptung von der Enge ist sympathisch, denkt man daran, wie sehr die Allerengsten im Lande sich und ihr Österreich als „geistige Großmacht" propagieren; sie ist unsympathisch, weil ja, wie Michael Scharang in einer kleinen Studie über Erwin Ringel zeigt, diese Art des abstrakten Gegensatzes, dieses inhaltslos emotionelle Negieren, leicht ins Gegenteil umkippt (oder sich dorthin steuern läßt), nämlich in die Apotheose der schwarzen österreichischen Seele, und wir hätten dann gleichsam als den politischen Ernst der eingespielten Nähe von Enge und der Klage darüber eine mehr oder minder zukunftsträchtige Variante des alten Austrofaschismus.

Jedenfalls ist in der dahinplätschernden, manchmal aufbrausenden Österreich-Kritik ganz leicht jene beklagte Weltlosigkeit zu erkennen, die sie dem Lande, von dem sie nicht lassen kann, nachruft. Als Patriot weiß ich das, und ich glaube, im Ausland erkennt es bloß keiner, weil dort unsere Welt, ob eng oder weit, exotisch genug ist, um sie mit Vergnügen zu verkennen. Schimpfen liegt hier einfach nahe, zum Beispiel bei der Sozialdemokratie, die sich in eine so triste geistig-politische Lage manövriert hat, daß noch die subtilste Kritik an ihr im vorhinein schon zum Klischee degeneriert ist; ihr Anhänger müßte man sein, das wäre heute intellektuell-originell!

Das Geschäft mit dem in der verspotteten Heimat erregten Schein-Skandal läuft in der Fremde, in der man verlegt wird, sonst aber ganz brav ist, nicht schlecht. Es ist niedrig, das unseren Künstlern vorzuhalten, wovon sollten sie hier leben? Dennoch sind anderseits diese Niedrigkeiten wiederum ein Teil des Spiels: Wer sich daheim keineswegs redlich nährt, schreibt für die paar Netsch in der Zeitung alles Nötige unter dem Titel „Erniedrigung“: „... buchstäblich alles, was Österreich betrifft, moralisch denunziert ... Politik und Religion, Künstler und Bürger, Justiz und Gesellschaft ... erniedrigt und gedemütigt ... sich der Lust einer ihnen aufgezwungenen Selbstentblößung hinzugeben ... Selbstbeschmutzung ... verdrängt ... den selbstverständlichen Stolz, den auch und gerade ein Land wie Österreich in Anspruch nehmen darf ...“ Auch und gerade, heißa, juchhe!

Es kann aber kein Zweifel sein, daß auch und gerade die kritische Österreich-Literatur in der Fremde Austrophile hervorgebracht hat, und im Lande selber schnappen einander die scharfsinnigsten Kollegen die österreich-kritischen Pointen weg, so daß wir nun allesamt auf einem unnützen Haufen übelwollender Witzigkeiten sitzen.

Die Enge ist also eine Tatsache. Hier lebt es sich eng, und wie klein, wie verführerisch, wie ganz undramatisch ist diese Enge und die Leere, die sie umschließt.

Das gilt auch für die GAV, und die Gefahr, aus diesem Verein eine gigantische Häßlichkeit zu produzieren, bloß weil er so enttäuschend ist, wäre einer der landesüblichen Versuche, Größe wenigstens im Negativen festzuhalten. Die Sprache, die wir führen, ist leider wenig geeignet, die wirklichen Dimensionen unseres Landes auszusprechen. Im Vergleich zur Realität wird ihr, der Sprache, alles leicht zum Mythos, zum Fetisch. Eine Infinitesimalrhetorik höchster Langsamkeiten im Rahmen unendlicher Beschränkungen wäre vonnöten. Wer von uns Größen will sie erfinden?

In meinem Falle kommt noch dazu, daß das meiste, was ich praktisch über gesellschaftliche Erfahrungen weiß, aus den Zusammenkünften der Autorenversammlung stammt. Also hat sich in meinem Kopf das Kleine noch einmal verkleinert: Meine kleine Welt. Sie war aber in der Tat ein beispielhaftes Wachsfigurenkabinett: Da der Tyrann, unbeugsamer Beton im Gewoge der Menschen, Gebrüll und das Schweigen Niedergeschriener; dort der Intrigant, sich schließlich selbst überdribbelnd, dann der Bonvivant des Systems, mit nicht zu erstickender Freundlichkeit ist er in allen Niederlassungen des geistigen Geschäftslebens zu Hause, und mit gleicher Gleichgültigkeit für die jeweils andere Sache profitiert er gemütlich persönlich; ein anderer Typus wiederum steht für die Paranoia, stets auf der Lauer, *den* Feind auszumachen, und furchterregend bloß in der Treffsicherheit seiner Banalitäten, in den Verdächtigungen, den Kunststücken, sich als Verfolgter in den Mittelpunkt des Erdkreises zu postieren; dann der Typus des bohemehaft Verrotteten, vom Ruhm gebeugt, den er sich selbst zuschreibt, und taumelnd wie ein Kasinooffizier, benebelt; schließlich der Revolutionist, der das Papier gegen den Tyrannen schon verfaßt und verteilt hat, es anderntags von jedem einzelnen wieder einsammelt; der Diskutant, der stets ein ehrliches Gespräch anstrebt und darauf achtet, daß die Regeln demokratisch eingehalten werden; der entschieden Naive am Schluß, ein Gewinn für jeden Verein, denn er setzt unermüdlich seinen guten Willen bei jedem anderen voraus; und all die anderen unbeschreiblichen Gestalten.

Selbstverständlich entspricht kein einzelner von ihnen exakt seinem Typ, aber alle zusammen sind nichts als diese typische Mischung. Burghart Schmidt hat die Vereinstätigkeit einmal sehr intelligent so formuliert: Sie wäre wie der Versuch von Jesuiten, Demokratie zu spielen, nur um zu beweisen, daß sie nicht möglich ist.

Nun ist es aber ganz falsch, von irgend jemandem Heldenhaftigkeit, und sei es eine solche im Zeichen der Demokratie, zu verlangen. Das Bedürfnis nach Selbsttranszendenz ist überall schon genügend abgekanzelt worden, man kann es sich hier ersparen. Es geht eben im Gegenteil darum, sich im Kleinen intelligent einzurichten, aus der Marginalisierung seine Unabhängigkeit herzustellen und eben nicht vom Rand ins Zentrum vorrücken zu wollen. Das ist, nach meiner Auffassung, in Wirklichkeit auch gar nicht möglich, weil es nämlich, ist diese Richtung einmal eingenommen, alle Freiheits- und Bewegungsmöglichkeiten von Randexistenzen zerstört. Das Zentrum hat dafür keinen Platz und keinen Sinn. Deshalb ist es ja das Zentrum, und alle Verlockungen, die von ihm ausgehen, führen letzten Endes zur Selbstdestruktion, auch wenn diese oft genug für Emanzipation, für „die Entwicklung" gehalten wird: Die heldenhafte Entwicklung der Autorenversammlung vom Rande in ein Zentrum der österreichischen Literaturpolitik ist gleichzeitig die Selbstdestruktion ihrer motivierenden, utopischen Möglichkeiten.

Ich glaube, in Österreich gibt es so etwas wie „den destruktiven Aufbau".[2] Hier, besonders hier, gibt es Personen, ohne die überhaupt nichts entstünde, die aber alles, was sie zum Entstehen bringen, damit auch schon zerstören. Ihre Leitung läßt nichts von dem übrig, was eine Gründung einst nötig machte. Alles wird durch ihre Art, es zu fördern, sinnlos, leer, und während ihr Werk ins Umfassende gerät, gibt es keinen Grund mehr, aus dem es weiter bestehen sollte.

Es ist also die umfassende Leere, die nach meiner Auffassung die Grazer Autorenversammlung heute ausmacht. Was ist damit gemeint?

Anekdotisch und anonym ließe diese Leere sich leicht durch jene interne Aussendung veranschaulichen, in der ein unbekannter Kollege gebeten wurde, sich doch zu melden, weil er in einer Zweigstelle der Z zwar seinen Mitgliedsbei-

[2] Vgl. Franz Schuh: Liebe, Macht und Heiterkeit. Klagenfurt (Ritter Verlag) 1985, S 141 f.

trag bezahlt, jedoch dabei vergessen hatte, seinen Namen auf dem Erlagschein einzutragen.

Aber das ist natürlich nicht genug, und wenn ich schon in meinen Angriffen unklar bleibe, möchte ich zumindest in der Selbstkritik keinen Zweifel zulassen. Die Autorenversammlung, so sagt man allgemein, bestünde aus verschiedenen Schriftstellergruppen, aus Avantgardisten, Realisten und, sagen wir es ironisch, aus Grazern. Diese Rede unterstellt, es gebe zwischen den verschiedenen auch eine Spannung, die dann gleichsam die Energie, das Leben ihres Vereins, erzeugt. Aber das ist nicht mehr wahr, denn was alle heute miteinander verbindet, ist nichts als ein gleichgültiger, träger Konsens und: Scheingefechte, die sich daraus zwanglos ergeben. Eines dieser Scheingefechte verzeichnet Innerhofer. Im Jahre 1979 sandten zwei Mitglieder ihre Austrittserklärung an das Sekretariat. Der eine, ein durchaus schätzenswerter Mann, leidet vielleicht etwas unter der zu kurzen Wut, unter den Strohfeuern der Empörung, die ihn – sicher – zu nichts führen. Der andere, auch durchaus ehrenwert, nennt sich gern einen „kritischen Tiroler", damit man ihn nicht mit den unkritischen verwechselt, denen er so manchen Streich gespielt hat, wovon er gerne berichtet. Kein Wunder, beiden wurde der Verein eines Tages zuwider; jedes Engagement, schrieben sie, würde verhindert werden, ja sogar kritische Literatur bliebe unentfaltet, und überhaupt, dieses „betuliche Spielchen" könnten sie nun nicht mehr mitmachen und müßten eben austreten.

Mit großer Beschämung gebe ich den wesentlichen Teil meiner Antwort wieder: „Der parlamentarische Staat kalkuliert nicht mit einzelnen, sondern nur mit ihren Zusammenfassungen in einer Organisation. Solche Organisationen können aber nicht radikal sein, so wie mancher einzelne (wie ich zum Beispiel), weil in ihnen verschiedenartige Interessen in Konflikten ausgetragen werden müssen. Gruppendynamisch pendeln sich immer wieder bei halbwegs demokratischen Verhältnissen die Kräftefelder auf einer Mitte zwischen den Radikalitäten (Schuh einerseits, Jandl anderseits) ein. Ich bin selbst nicht zufrieden mit der etwas weichen Haltung der GAV in vielen Fragen, versuche sie in manchen Fällen zu erhärten, sehe aber in allem kaum eine Möglichkeit, die GAV durch Besseres zu ersetzen, zumal man ja aus einem Verein mit überwiegend liberalen, konservativen, wenn auch im Ästhetischen oft innovatorischen Mitgliedern nicht eine revolutionäre Kulturorganisation machen kann. Ich wünsche mir, daß Ihr wieder in die GAV zurückkehrt."

Natürlich nahmen die beiden, von mir, dem Radikalen, überzeugt, ihren Austritt bald wiederum zurück. Das Läppische meiner Staatsrhetorik ist in den siebziger Jahren so plausibel, daß nicht einmal Innerhofer es durchschaut. Er referiert einfühlend meine Bemühung.

Nun will ich mich nicht bloß in den Wonnen der Selbstkritik ergehen, sondern ich möchte auch erklären, woraus denn die Leere besteht, woraus sie resultiert. Sie resultiert aus einer für überflüssig gewordene Realitäten typischen Strategie: aus der Simulation. *Die Simulation ist die Verteilung ein und derselben Nichtigkeit auf verschiedene Rollen.* Simuliert werden Inhalte, Motive, Wirklichkeiten, die die tatsächliche Praxis längst schon destruiert, verleugnet hat, aber an die man weiterhin appelliert, um den Zusammenhalt der Kulissen zu gewährleisten. Dahinter steckt nicht das Als-Ob einer kontrafaktischen Moral, die sich von einer schlimmen Wirklichkeit nichts einreden läßt und beharrlich bleibt, aber auch nicht der Zynismus, der wenigstens weiß, was gespielt wird. Die komische Tragödie der Simulation besteht darin, daß sie es subjektiv zumeist ehrlich meint, wenngleich sie im Grunde unbewußt daher rührt, daß man nicht loslassen möchte, was man verloren hat: die Radikalität, die Politik, die Spannung und überhaupt den Sinn seiner Tätigkeit.

Freilich, so etwas wie die GAV hätte niemals entstehen können, wäre ihre Gründung schon eine Simulation gewesen. Was Organisationsformen ausmacht, die später einmal nur der Aufrechterhaltung ihrer eigenen Struktur werden dienen können, ist eben eine Taktik im Sozialen, im Österreich der siebziger Jahre plump eine Bündnispolitik mit der Sozialdemokratie, die das ideelle Kapital des Gründungsmotivs langsam aufzehrt und es unter ihrem Wert prostituiert. Vereinigungen dieser Art sind im Interesse eingespielter Hierarchisierungen, erstarrter Machtpositionen, *Parasiten der eigenen Existenzberechtigung*, die sie nicht mehr in die Alltagspraxis integrieren, die ihnen aber – siehe oben – nach wie vor nachgesagt wird. Ein Konsens simuliert, daß noch stolz in der Auslage steht, was im Abverkauf längst schon verpulvert wurde. An Stelle ideeller, das heißt jedoch: unsicherer Positionen gewinnen solche Organisationen dafür ein weitaus sichereres Terrain, nämlich das ihrer faktischen Existenz. Diese mag zwar leer sein, sie ist aber stets unwiderlegbar. Die Faktizität mit Kritik zu verfolgen ist ein Spiel „kritischer Theorie" (deren Würde vor allem darin besteht, daß sie heute Gott sei Dank nicht mehr in Mode ist), verletzend oder lehrreich, je nachdem, wie solche Spiele nun einmal sind.

Jedenfalls ist hier an dieser Stelle ein günstiger Platz für eine Einfügung, für einen Nachtrag: Sehr hübsch und auch prompt hat ein Feind vor allem wohl die obigen Passagen mit einem Vergleich aus der Zoologie quittiert: Schon in der Tierwelt seien Wesen bekannt, die nur durch Selbstgeißelung überleben könnten. Ich weiß nicht, wie es damit im tierischen Leben steht, in dem leidlich menschlichen hier beruht dieses Feindesurteil auf einem Irrtum, allerdings auf einem charakteristischen und lehrreichen.

Meine Selbstkritik stellt nämlich nichts anderes vor als eine Variante der Behauptung, daß die Idee der Autorenversammlung *im Grunde* richtig war: Hier wird nichts bereut, hier wird getrauert! Dennoch fesselt mich das Urteil des Feindes. Es ist ja aus der bereits für die späten achtziger Jahre charakteristischen Perspektive geschrieben: In diesen Zeiten versammeln sich Autoren erfolgreich zum Zweck der Konkurrenz (während sich die Erfolglosen naturgemäß in unglaublich kleinlichen Streitigkeiten zerbröseln).

Die neuen Machiavellis konkurrieren dagegen (einander in überschaubaren schlagkräftigen Trupps verbunden und vor allem mit einem publizistischen Standbein in großen westdeutschen Medien verankert) so sehr, daß sie die Bemühungen um Solidarität, die in den siebziger Jahren fehlschlugen, *grundsätzlich* als verächtliche Anpassung an den Staat denunzieren müssen; es bleibt ihnen nichts anderes übrig, weil sie sonst selbstkritisch werden könnten, und das würde ihnen sicherlich viel Kraft für ihren Kampf kosten.

Die Konkurrenten beleben mein soziologisches Interesse, weil sie sich genial darauf verstehen, gerade ihre Durchsetzungsstrategien als identisch mit der Sache, als sachlich vollkommen begründet auszugeben. Auch darin war man seinerzeit naiver, denn man hatte ja offen vor, „sich zu organisieren", und ließ damit keinen Zweifel daran, daß die Organisationsform die politische Absicht einer Interessenvertretung und nicht die gefällige Selbstlosigkeit im Denken und Trachten ausdrückt.

Suche ich in der subjektivistischen Manier, mit der ich zur Welt gekommen bin, Aufklärung darüber, welche Schriftstellervereinigungen es waren, die so etwas wie „literarische Öffentlichkeit" zumindest vortäuschen konnten, dann fällt mir als erstes jene eigentümliche Bürgerrechtsbewegung der Dichter ein, die in der Bundesrepublik Deutschland die SPD mit an die Macht brachten. Ihr intellektuelles Kapital war (und von den gesparten Zinsen leben heute noch manche) eine Mischung aus Freiheitsidealen, aus Vorstellungen von Engagement (im Stil eines zum Staatsbürger gereiften, daher verfälschten Sartre), aus humanitärem Sozialismus und einer ebenso dauer- wie oberlehrerhaften Polemik gegen „das Unpolitische". Ich erinnere mich noch (gerade noch) an einen lächerlich glitzernden Abend, an dem Günter Grass in der Wiener Hofburg zum Thema „Der Schriftsteller als Bürger" vorsprach. Es war eine Veranstaltung, ich glaube, des Renner-Instituts, und Krethi und Plethi der Partei erschienen im Abendanzug, vollkommen aufgedunsen von der Macht, die ihnen schon sicher war, und begierig nach der Propaganda, die der Dichter dafür machen würde.

Was war das für eine Literatur, deren Vertreter aus der Bundesrepublik angeflogen kam (fliegt Grass oder hat er Flugangst?), um sich hier den Hof machen zu lassen? Ich glaube, die deutsche Literatur nach '45 hat hauptsächlich versucht, Brecht und Thomas Mann zur Firma *„Deutsche Literatur nach '45"* zu fusionieren. In dieser Firma gab es linke Avantgarde mit Kynismus, dieser intellektuellen Frechheit des jungen Brecht, aber auch schon dessen kritischen Sinn fürs Soziale und Weltpolitische, den der Alte, ein Klassiker, pflegte. Recht und schlecht verband sich das mit dem Idealismus des großen bürgerlichen Romans, mit seinen gebildeten Weltbildern und seiner souveränen Ironie. So lieferte diese Literatur gleichzeitig die Übermacht des Darüberstehenden und die dessen, der daruntersteht und der gar nicht weiter wachsen will wie Oskar Matzerath in der „Blechtrommel".

Die Wendung von der „Firma" ist vielleicht ein Trick, mit dessen Hilfe man seinen Vorurteilen eine schneidige Fassung verleiht. Die Verlagerung geistiger Bemühungen auf Metaphern des Ökonomischen ist ein konventionelles Surrogat nicht bloß für Kritik, sondern schon für die einfachen Formen des Verstehens. Aber dennoch, etwas Firmenartiges kommt diesen Literaturvereinen vielleicht doch zu. Sie produzieren am laufenden Band Vergleichbares, erzeugen einen einförmigen Horizont der Erwartung, der sich nur mit ihren oder mit ähnlichen Produkten zufrieden gibt. Gleichzeitig entsteht, keineswegs durch Verschwörung, sondern durch „informelle Kontakte" ein personales Netz gegenseitiger Deckung, das sich schließlich nur noch durch einen Eklat durchbrechen läßt, der allerdings erst recht einer konformistischen Kalkulation entstammt und deshalb auch immer zu spät kommt: Er setzt nämlich voraus, daß die, gegen die er sich wendet, sich schon durchgesetzt haben. Die Selbsthilfegruppe 47 war Kern jenes Literaturbetriebs, in dem sie sich schließlich auflöste, nicht ohne die Posten verteilt zu haben, die bis heute noch eingenommen werden: Redner wie Walter Jens sind sogar Professoren der Rhetorik geworden! In Österreich, dem Land bar der wirklichen Karrieren, soll es dafür jemanden gegeben haben, der die Parole vertrat: *„Wir haben die Dichtung und die Deutschen den Literaturbetrieb."* Aber der Aufbau eines Literaturbetriebs ist alles andere als verächtlich, er ermöglicht ja selbst seinen Außenseitern die Existenz. Das Problem ist nur, daß Organisationsformen oft genug über die „Inhalte" triumphieren, um die es, wie man meint, in erster Linie gehen soll. Die Literaturbetriebs-Literatur ist eine eigene, gar nicht so leicht erkennbare Sparte des Schriftlichen, und im Streit darüber, was ihr denn zuzuzählen wäre, ist so mancher Produzent und mancher Konsument schon schwer gekränkt worden. Jedoch diese typisch österreichische Reaktion, die die Dichtung (was hält man wohl für „die Dichtung"?) dem Betrieb entgegensetzt, wurzelt in der Verachtung des Materiellen und ist zumeist nichts als eine aussichtslose Kompensation des Mangels daran. *Die Universalität der Köpfe hat viel weniger mit der Internalisierung hoher Ideale zu tun als mit der Ausdifferenziertheit der Milieus, in denen sie sich bewähren sollen.*

Die österreichische Enge ist hundert-, ja tausenmal beschrieben worden. Eines ihrer Merkmale auf dem literaturpolitischen Felde war die Aversion führender österreichischer Publizisten gegen eben jene linksliberale deutsche Intelligenz, deren Werke zum größten Teil leider auch mir fremd sind. Aber ich behaupte, daß Torbergs ästhetische Kritik an Böll oder Walser politisch motiviert war, während meine bescheiden politische an ihnen ästhetisch motiviert ist. Dieses Vertrauen, daß man der Sprache nur seinen Sinn vom Leben stiften muß, den Rest besorgt sie dem Dichter zuliebe von selber, führt direkt ans Staatstheater. Diese Sprachpodeste, auf denen Goethe und Eckermann, von aufgeklärtem Bildungsfusel angeturnt, in Walsers Stück ihre interessante Beziehung zu Ende leiern, machen selbst einen konservativen Menschen wie mich zum Denkmalstürmer. Sprache soll man, will man dichten, „*wie einen fetzen*" behandeln, denn erfühlt und herausgeputzt taugt sie bloß zur Kosmetik des Realitätsprinzips, ein Thema übrigens für den Vortrag „Der Schriftsteller als Bürger".

Der Bürger Torberg revoltierte vor allem gegen das politische Potential, das die deutsche literarische Intelligenz gegen die repressiven Einrichtungen der Adenauer-Ära mobilisieren konnte. Es war nicht zu übersehen: In Deutschland war es gelungen, den konservativen „Werten" eine linksliberale Öffentlichkeit entgegenzusetzen. Im Kampf um die kulturelle Legitimität waren sogar jene Maximen, die die Wirtschaft und die Politik im Sinne der stolz errungenen sozialen Marktwirtschaft ankurbelten, ins Hintertreffen geraten. Die Trennung politischer und wirtschaftlicher Eliten von den kulturell-künstlerischen rührte freilich auch daher, daß die Kontinuität der herrschenden Klassen in Deutschland, bis zur Flick-Affäre unserer Tage, ein offenkundiges Skandalon war. Dagegen stand zum Beispiel die Publizistik Bölls, die sich ja tatsächlich, angesichts der ernsthaften realen Macht, aus nichts anderem als aus Ansichten eines Clowns zusammensetzen konnte. Clown war Torberg keiner. Sein Aufsatz, ob man „*heute noch*" Brecht spielen kann, ist der Inbegriff ernsthafter Bemühung: *Kulturpublizistik als staatspolizeiliche Fürsorge!* Aber es wäre lächerlich, Torberg für ein böswillig politisches Scheusal zu halten; seine gute Absicht steht für mich außer Streit. Er war ein hochintelligenter Mann, der letzte Mohikaner der altösterreichischen Konversation, der Rhetoriker eines blumig-stacheligen Plaudertons, sonst ein furchtbarer Romancier, so wie Böll, aber wie dieser der größte Künstler des politischen Artikels war, war Torberg ein Genie der Glosse. Nie, seit dem Bestehen der Warengesellschaft, las man über sie eine feinere Apotheose als „We *can* fight Karl Marx with Coca-Cola" von Friedrich Torberg. In der Tat, Coca-Cola *muß* man nicht trinken, man *kann* aber, wenn man es nicht lassen will. Die *„multiple choice“* verdient durchaus ihre literarische Verherrlichung. Mahagonny bleibt ja unvergessen, die Stadt, in der man alles dürfen darf, solange man nur für seinen Whisky bezahlt.

Torberg hatte eine legitime, aus der Vergangenheit gespeiste Angst, die „Totalitarismen“ könnten sich wieder ausbreiten, unter dem Vorzeichen linker Kritik, und die Demokratien wären wiederum nicht in der Lage, sich zu wehren; sie in diese Lage zu versetzen und in die Stimmung dafür, das war wohl sein politisches Interesse, und wie alle Kämpfer guten Gewissens war er selber ganz außerstande, jenen Punkt zu erkennen, an dem die Besorgnis in Paranoia und der Rettungsversuch in Repression umschlägt. Aber das Schlimmste, mit seinen Konzepten konnte Torberg im deutschen Literaturbetrieb niemals der König sein, der er hierzulande war. Im „Spiegel“, zum Beispiel, ruinierte er zwar Bölls Roman gegen die Bild-Zeitung virtuos, aber das tat er schließlich auch als Mann der „Welt“, und eine Affinität zu Springer, das ist ja wirklich das Sakrileg im deutschen Geistesleben.

Ich glaube, Friedrich Torberg, viel weniger permissiv als Hans Weigel, war die zentrale Gestalt einer offiziösen österreichischen, von den westlichen Demokratien und ihrem künstlerischen Anarchismus abgekoppelten Kultur. Eines ihrer Kennzeichen war die Harmonie zwischen den Machteliten und denen, die im engen österreichischen Leben *„als Künstler“* anerkannt worden sind. Eines ihrer Zentren war ein Club, nämlich der PEN-Club, und es ist typisch, daß es trotz der Bemühungen der Generalsekretärin Dorothea Zeemann nicht möglich war, Autoren der Wiener Gruppe aufzunehmen, selbst zu einer Zeit, als diese längst schon im deutschen Literaturbetrieb anerkannt waren.

Es hatte sich nämlich gegen die offiziöse österreichische Kultur und jenseits der im „Kalten Krieg“ so bewegenden Frage von links oder rechts tatsächlich eine „Gruppe“ gebildet, eine Art Freundeskreis, die die politisch-literarischen

Maximen der europäischen Moderne nach Österreich importierten und die diesem Import die österreichische Tradition von Nestroy, Kraus oder Horvath anverwandelten. Diese Tradition war für die nostalgischen Hüter in der neuen gegenwärtigen, das heißt historisch legitimen Form nicht mehr erkennbar, und es ist typisch, daß die berühmte Tagebuchnotiz von Günther Anders, die mit den Worten endet: „*Denn nicht das Zerstörte ängstigt, sondern das Gebliebene*“, dieselbe Szenerie beschreibt wie Oswald Wiener im „fest für purim“, nämlich „die verblödung des ortes durch architektur“, oder mit Anders' Worten: „Prachtsäle ..., deren Wände und Plafonds von mythologischen Busen, allegorischen Schenkeln, kaiserlichen Medaillons, illusionären Reliefs und Nischen überwuchtert sind“. Darin sitzt dasselbe Personal, dem in Oswald Wieners Prügelkomödie die Regieanweisungen gelten werden, nämlich der, so Anders, „letzte, versehentlich übriggebliebene, Zipfel der Gesellschaft, ‚tout Vienne‘ spielend ... Auf dem Programm stehen ... Altenberg-Imitationen eines längst verblaßten Feuilletonisten, Belanglosigkeiten mit gewissen Charmeresten. Eine Diseuse spricht sie mit anspielendem Lächeln. Die Anspielungen werden auch wirklich verstanden. Man ist *en famille*.“ Die Familie führt aber einen wirklichen Krieg, ihr Gegner ist niemand geringerer als die Zeit: „Da man den Krieg, als wäre er nicht gewesen, überspringt, ebenso die Hitlerzeit, kommt es schon nicht mehr darauf an, noch etwas weiter zurückzuspringen. Wo man landet, schreibt man etwa 1912.“

Die Texte der Wiener Gruppe hat man zu Recht vorwiegend aus der Perspektive ihrer ästhetischen Innovation beachtet. Aber sie sind auch Reflexionen jener heillosen Brüche, die die Erfahrungswelten in der Nach-*Hitler*-Ära erlitten haben. Während andere noch von Faschismus und Nationalsozialismus fasziniert waren, ihn „bewältigten“, gab es längst schon Formen der Herrschaft, die in den überkommenen Empfindungssystemen und Denkgewohnheiten nicht mehr zum Vorschein kommen konnten. Dagegen steht zum Beispiel Wieners „bio-adapter", ein Text, der zynisch wie die Realität selber die technokratische Utopie des demokratischen Staates und ihres „uniformen pluralismus" zusammenfaßt: „eine überschäumende wirtschaft hat sich unserer endgültigen durchschnittlichkeit bemächtigt, und dient ihrer ferneren durchsetzung. Die eliten springen noch ins auge, weil sie schon homogener, d. h. mittelmäßiger sind als der durchschnitt." Über diese Erkenntnis kommt man nicht hinaus, es sei denn durch jene Kombination von Literatur und Lüge, die der Betrieb vorsieht, um seine Agenten als unsere Eliten zu präsentieren.

Es kann aber kein Zweifel sein, daß gerade diese Gruppe gegen den eigenen, einsichtsvollen Determinismus einem Kult der Außerordentlichkeit huldigte. Wer weiß, vielleicht gibt es doch *„das Individuum*"? Aber man war auch wirklich außerordentlich. Es gibt zum Beispiel bei Konrad Bayer Textstellen, in denen der artifizielle, gemachte Zustand der wirklichen Welt so klar zum Ausdruck kommt, daß keiner von uns natürlichen Menschen es bemerken konnte: „statuen lustwandeln zwischen taxushecken aus papermaché." Von wegen Sprachfetischismus!

Aber ich muß eilig hinzufügen, daß ich an Wieners Szientismus nicht glaube, denn der revoltierte zwar gegen die Idiotie des zeitgenössischen Staates, doch, wie ich vermutend unterstelle, schon im Interesse der Propaganda für einen zukünftigen, aus dem mit Hilfe einer „emanzipierten", das heißt von den Fesseln des Gesellschaftsvertrages befreiten Wissenschaft die Durchschnittsidioten hinausgetrieben sind. Der Verfasser des Satzes: „jemand, der aussieht wie ein jude, wird in einer ecke, kopf voran, ständig an die wand geworfen", ist (was immer so ein Satz meint und wie sehr der institutionell geheuchelte Anti-Faschismus auch die Verletzung *seines* Tabus verdient) unter allen Umständen mein Feind; aber er ist unter so vielen Feinden auch nicht der einzige, dem man ohne Hoffnung und lehrreich unterlegen bleibt.

Der Verband der Durchschnittlichen bietet Schutz vor dem Außerordentlichen; deshalb ist er human, aber er ist verführbar, deshalb ist er latent stets inhuman. Fritz J. Raddatz hat mir in einem Gespräch anvertraut (seit dem ich mir übrigens alle laxen privatistischen Urteile über jene Dichter erlaube, für die Herr Raddatz dankenswerterweise ohnedies plädiert), daß er die österreichische Literatur, zum Beispiel Karl Kraus, nicht sehr hoch schätzt, obwohl er – gerade er – seinerzeit bei Rowohlt die Texte der Wiener Gruppe verlegte. Letzteres tut nichts Schlimmes zur Sache, denn aus jedem Gespräch mit Herrn Raddatz geht hervor, daß eigentlich er alles verlegt, lektoriert oder wenigstens kritisiert hat. Aber die Texte der Wiener Gruppe schienen ihm nicht der Aufklärung gewidmet – vielleicht weil sie so „unpolitisch" sind?

Aber das sind sie nicht, sie sind, viel schlimmer noch, anti-politisch. Politik führen sie vor als eine Variante der auch sie umgreifenden universalen Kommunikation, nämlich als Abfall der allgemeinen korrupten Grammatik: „die demokratie besteht aus scharen von leuten, die wissen, was gut sei für die menschheit: es ist unmöglich, den visionen der redakteure einhalt zu gebieten; wie sie sich für die vorsehung ins geschirr werfen!"

Die Wiener Gruppe verstand sich selber nicht als Gruppe, sie wurde nur von außen so genannt; ihr ging es ja – gegen jede Gruppendynamik – um den „Einzelnen", das aber heißt um Oswald Wiener, Konrad Bayer, H. C. Artmann oder Friedrich Achleitner. Etwas anderes kann man gegen den Staat und seine Idioten zunächst einmal nicht aufbieten, das wird sich später, wenn man zum Beispiel ein interdisziplinäres Forschungsinstitut zur Erhellung des Verhältnisses zwischen Naturwissenschaft und Kunst, möglichst in Meeresnähe, anstrebt, gewiß ändern. Der Tuismus ist in Wahrheit die einzige Möglichkeit, auf Dauer seinen Erkenntnisinteressen ungestört nachzugehen. Aber was den Zusammenhalt der Gruppe damals bestimmte, das bleibt bis heute die einzige, ideale Chance geistiger Arbeiter, die vom politischen Milieu nicht geschluckt werden wollen: Souveränität in den Anschauungen, Konzentration auf ein geteiltes intellektuell-künstlerisches Problem, Gemeinschaftsarbeit, kritische Diskussion der einzelnen Arbeiten und freundschaftliche Beziehungen, die gegen die isolierenden Tendenzen der Außenwelt einigermaßen schützen.

Im letzten Punkt steckt freilich der Grund für die historische Überholtheit des zwar nicht organisierten, aber doch eingespielten Konzepts der Wiener Gruppe: Es setzt voraus, daß die Unterdrückung produktiver Randgruppen durch die offiziöse Kultur relativ geradlinig geschieht. Wiener hat in seinem Aufsatz über Konrad Bayer den fundamentalen Unterschied zwischen dem Wien seiner „adoleszenz" und der Gegenwart durch das Wort „massengesellschaft" (in der wir heute leben) charakterisiert: „der druck der kompakten gesellschaft hielt alle divergenzen der aussenseiter zusammen, man musste sich detailliert auseinandersetzen und war gezwungen, sich in bahnen einzudenken, die man nicht freiwillig gewählt hätte. manche meiner freunde hat das wie mich selbst in versuchen gefördert, nicht das zu sein, was man denkt, *sondern das eigene denken wie ein fremdes wahrzunehmen.* heute sind, scheint es, verhältnismässig wenige formulierungen auf eine unzahl von menschen verteilt, von denen jeder mit dem auf ihn entfallenden fetzen zufrieden ist; kommt es dennoch zu auseinandersetzungen, so finden sie in einem jargon beliebigen begreifens statt, der ideen in originalitäten erdrückt, und widerspruch dient nur mehr zum ‚markieren' von ‚positionen', wo sich der naive durch das profil seiner bedürfnisse disqualifiziert."

In dieser Konstellation aus – je nach Konjunktur – groß- oder kleindeutschem Literaturbetrieb, seinen Produkten, Urteilen, Haltungen, aus der offiziösen österreichischen Kultur und aus den Reminiszenzen an die Radikalität einzelner sehr künstlerischer Menschen ist in der „Massengesellschaft" die Grazer Autorenversammlung entstanden. Wiener hat den intellektuellen Prozeß, der damals dahintersteckte, außerordentlich gut beschrieben. Vielleicht kann man, darauf aufbauend, die „Entwicklung", die sich einstellte, so darstellen: *Empfand man seinerzeit das eigene Denken als fremdes, empfindet man heute, in „der Massengesellschaft", alles Fremde als Eigenes, aber nicht mehr als Denken.* Das freie Fließen der Waren, auch der kulturellen, hat die kompakte Gesellschaft erweicht, die Protestbewegung des 68er Jahres war im Ernst eine Kulturrevolution, denn sie hat – zum Beispiel in die Kleiderordnung – die Freiheit gebracht und vor allem die Lust, sozialdemokratisch zu wählen. Extreme verändern die Tendenzen ihrer Zentren immer nur ein Stück in die neue Richtung. Was an den „Avantgarden" Strenge war, breitete sich aus und wurde den Leuten en masse angedreht. Die wirklichen Bedürfnisse der Menschen sind ja im Grunde immer naiv, anstrengend – bis zum Zynismus – ist bloß der Versuch, sie deshalb zu disqualifizieren.

Diese Konstellation war das Gründungsmotiv der Grazer Autorenversammlung. Sie war in erster Linie Ausdruck eines legitimen Nachholbedarfs: So viele Autoren hatten auf dem deutschen Markt schon eine Position, in Österreich waren sie dementsprechend kaum verankert. Der deutsche Arbeitsplatz war auch nicht immer ein Vergnügen, zum Beispiel die doch sonst so hilfreichen Sender: „Im Gegensatz zum hinterwäldlerischen ORF", schrieb Elfriede Gerstl, „dessen entscheidungsmächtige Funktionäre nicht selten konservative Dichter (also Konkurrenten) waren, mimt der fortgeschrittenere deutsche Sender die Rolle des fürstlichen Mäzens." Aber diese Mimik samt ihren „progressiven jungen Dramaturgen im Undergroundlook und mit linkem Vokabelschatz" konnte darüber nicht hinwegtäuschen, daß es sich dabei „um die Verschleierung eines reicheren, weiter vorangetriebenen und Scheinfreiheiten gewährenden Kapitalismus" handelte.

Gegen Kapitalismus hilft nur der Staat, und ich gestehe, daß ich, auf der Suche nach dem Profil disqualifizierender

Bedürfnisse, vermute, der Zeitpunkt der Gründung der Autorenversammlung hängt mit dem Nachlassen der Bedürfnisse nach „experimenteller“ Ware auf dem deutschen Markt zusammen. Ich habe einmal den Brief eines unbeschreiblichen, dafür aber angestellten Idioten des Bayrischen Rundfunks gelesen, der tatsächlich riet: „Heute müssen Sie schreiben wie Innerhofer, Wolfgruber.“ Die Moden hatten eben gewechselt, und im Verein selber, ich plaudere aus der Schule, schlug manchmal dieser abgestandene, selbst schon abgehalfterte Haß der Zurückgebliebenen gegen die Erfolgreichen durch.

Heute, nachdem es Thomas Bernhard, dem Einzigen, zu seinen Lebzeiten vorbildlich gelungen ist, die literarischen Debatten aus ihrem engen Sektor in die große Welt der Public-Relations-Kampagnen und politischen Kreuzzüge hinauszuführen, ist es unverständlich, daß seinerzeit in den Siebzigern für ein paar Dichter noch die Hoffnung bestand, mit dem Staat endlich auf ihre Rechnung zu kommen. Bernhard hat die klassische Staatsfeindschaft militanter Kunsttruppen (die Kunst als institutionalisierte Verschwörung gegen den Staat) im wörtlichen Sinne – sozusagen – „salonfähig“ gemacht. Der Staatskünstler polemisiert gegen die Staatskunst und ist daher einerseits im Recht, anderseits aber nicht (und darin doch auch wiederum nicht ganz im Unrecht). Die menschliche Existenz ist eben paradox, geht sich nie aus, und davon leben im Staat die Dichter, die darüber berichten, aber auch der Staat lebt davon, weil er, wie ich mir andernorts einmal darzustellen erlaubt habe, schnell gelernt hat, tautologisch sich selbst den eigenen Gegner vorzumachen, alle Rollen sich anzueignen, keine mehr zu delegieren, um damit umso heftiger mit den selbsterzeugten Außenseitern den Ernst der Radikalität in der Farce des Identischen zu vernichten.

Daraus kommt man wahrscheinlich nur noch heraus, indem man die heroischen Prämissen der politischen Verweigerung verlacht und in postmoderner Weise auf den Veranstaltungen aller Parteien, möglichst gleichzeitig und mit dem jeweils gefragten Anspruch, auftritt. Jeder ist der Basar der Waren, die man ihm eventuell abnimmt: Dabei kämen die Parteien, nicht nur die politischen, als nichts anderes mehr vor als als reiner Apparat zu unserer Besserstellung, befreit von dem Gerümpel ihrer Versprechungen und von ihrer antiquierten Hoffnungsmache. So könnte der österreichische Künstler den landesüblichen Opportunismus von seiner Erbärmlichkeit läutern und ihn zum Akt seiner Freiheit erhöhen.

Aber so wie Bernhard stets versichert, nicht *den* Staat, sondern nur den gegenwärtigen, also die Sozialdemokratie, zu meinen, so meinte Jandl damals, zu ihr aufblickend, auch niemanden anderen. Wer sagt wem was, wenn er 1973 sagt, irgendwas, und sei es der PEN, wäre eine „*Schande für Österreich*"?

Dieses harte Wort ist, gewiß nicht kalkuliert, aber eben in Wirklichkeit ein Appell an die guten sozialdemokratischen Geister des Staates, alles wiedergutzumachen und der Schande Herr zu werden. „Gesellschaften für Kulturpolitik" sind schnell begründet oder wiederum neu belebt. Karl Blecha, der spätere Held von Hainburg und noch spätere, bestens unterstützte Outcast der Vranitzky-Partei, war Klassenkollege Konrad Bayers, das heißt, sie gingen zusammen zur selben Schule, und es ist bekannt, daß die beiden sehr viel über sprachliche Probleme diskutiert haben. Funktionäre für alles jetzt Brauchbare stehen schon längst bereit, die Zeit ist aktiv, sogar der Rubel rollt, und nicht immer in die falsche Richtung. Überhaupt werden alle Lebensbereiche von der Demokratie „durchdrungen". Davon hat sie sich bis heute nicht erholt, und was geschah in den Lebensbereichen?

Alle Gesellschaften, so meine These, funktionieren nach dem Prinzip der bekannten russischen Puppen. Nimmt man die große oben weg, kommt unten die kleinere hervor, bis endlich, nachdem die letzte vom Tisch ist, nichts mehr bleibt und man alles gesehen hat. Das will sagen: Die jeweils vorherrschende Machtstruktur kehrt in allen Bereichen, die sich von ihr haben durchdringen lassen (müssen), wieder. So sieht man in allen Zeiträumen jeweils nur die gleichen Gesichter (könnten Sie meines jetzt sehen, dann wüßten Sie genau, was ich meine), also immer die gleichen Gesichter, einmal farcenhaft verzerrt, einmal locker verbessert, ein andermal grauenhaft verbiestert, einmal gestellt, einmal geprellt, aber fast immer wie auf Kommando bestellt. Ein Zeitalter, oder besser, Tucholskys „Zeitdorf", will lieber keines als nicht eines sein; alle untergeordneten Lebensbereiche überleben nur in der analogia entis zur Transzendenz der obersten Herrschaft. Die Grazer Autorenversammlung war von vornherein, mit dem ersten Augenblick ihres Daseins und ohne es selbst noch zu wissen, eine Parallelaktion zum Aufschwung der österreichischen Sozialdemokratie. Nicht nur wegen der politischen Nähe ihres Gründers, sondern auch weil dieser, nämlich Jandl, als Person so funktionierte, wie damals Personen in politischen Zusammenhängen funktionierten: als Integrationsfiguren. Sie konnten auf sich das Disparate und die Disparaten vereinigen, und, verglichen mit der Manier, in der heute, um es vornehm zu sagen, die Ordnung strukturiert wird, war das damals noch ein freies Spiel der Kräfte. Die Integrationsfigur, ob nun an der Spitze oder in Filialen der gesellschaftlichen Übermacht, hielt verschiedenste Tendenzen in sich zusammen; sie schaltete, indem sie mehr oder minder schillernd deren Einhelligkeit verkörperte, auch die Spannungen aus, die einander Zuwiderwollende so energisch machen. Dennoch gelang es der Integrationsfigur, alle am Spiel Beteiligten so sehr mit dem Spiel zu versöhnen, ja zu beglücken, daß ein jeder, bis auf einige Ausgegrenzte oder sich Ausgrenzende, das Gefühl empfing, stets selber zu gewinnen. Zur Dialektik der sich aussprechenden Enttäuschung gehört, daß bald, the game is over, nachdem die Sozialdemokratie vollkommen transparent geworden ist, als Träger der alten Emanzipationserzählung völlig durchsichtig, ja nichtig geworden ist, *die* Integrationsfigur, nämlich Kreisky, seinen Lebensabend hauptsächlich als Figur fristete, als stilistisch schwerfällig gefälliger Kolumnist und als überholtes Objekt nostalgischer Utopien und räsonierender Ressentiments.

In der literaturpolitischen Filiale ist es keineswegs so. Dort (und das spricht immerhin noch für dieses Milieu) konnte die Integrationsfigur es ja erst werden, indem ihre Integrität als Dichter sie dazu beförderte. Diese Integrität ist unzerstört. Ernst Jandl ist (nach meiner Auffassung und mit der Einschränkung, daß auf diesen Gebieten Hierarchien lächerlich sind) der bedeutendste österreichische Lyriker der Zweiten Republik. Das ist er nicht bloß seiner Texte wegen, sondern weil er durch seine Vortragskunst diesen Texten eine Dimension hinzufügt, die zur Kunst ursprünglich gehörte, die aber uns, an die Kunst schon längst Gewöhnten, verlorenging: von der Häßlichkeit des Abgehackten bis zur Reminiszenz an das Vollkommene – Tanz, Rhythmus, Laut, Gebärde. Ich habe Hunderte Lesungen Ernst Jandls gehört, und in jeder wurde ich von derselben Euphorie ergriffen: für jene Augenblicke, in denen man Jandl zuhört, befreit sich dieses Gemurkse aus Sprache und Gedanken im Kopf, das Leben zeigt sich plötzlich erlöst als eine Art momentanes künstliches Paradies, und so habe ich Ernst Jandl nichts Geringeres zu verdanken als den Sinn dafür, daß von der Kunst noch etwas zu erwarten ist.

Aber anderseits, und das prädestiniert ihn schon viel mehr zur Integrationsfigur dieser Autorenversammlung, ist Ernst Jandl eine echte Bürokratenseele. Ich erinnere mich noch gut daran, daß ich, der nicht gerade sein Günstling war, aber (wohl auch mangels eines andren, wenigstens ebenso wenig geeigneten) nicht schlecht geduldet wurde, zu Beginn meiner Laufbahn – als Sekretär – nicht einmal Maschinschreiben konnte! Jandl ließ es an Hilfe nicht fehlen, sie war bitter nötig, auch die, daß man nach Beistrichen und Punkten einen Extraabstand zu tippen hatte. Die Art, in der Jandl mir dies brieflich mitteilte, das heißt eigentlich schriftlich vorführte, war selber eine unerhörte, abschreckende Parodie auf jegliches Unterfangen der Menschen, miteinander bürokratisch Umgang zu pflegen.

Beide Fähigkeiten machten Ernst Jandl von vornherein zum einzigen, der den Verein auf die Dauer zusammenhalten konnte: Als Dichter vollkommen außer Streit, zum Bürokraten mehr als geeignet (worüber ich als gnadenhalber und künstlich am Sekretärsleben gehaltener Bürotrottel par excellence keine Witze zu machen habe), konnte er jene Rolle übernehmen, die in den siebziger Jahren auch auf dem literaturpolitischen Sektor gefragt war: die Rolle des Sozialpartners, der im künstlerischen Bereich legitimiert genug war, so daß seine Bereitschaft, ein Stück Weges gemeinsam mit dem Staat zu gehen, der staatlichen Kulturpolitik auch etwas von der Aura eines künstlerischen Ansehens zukommen ließ, wofür der Staat wiederum bereit war, sich erkenntlich zu zeigen und dem Autor und seinen Anliegen dabei zu helfen, sich und seine Art des Willens zur Macht im Lande kulturpolitisch zu verankern.

Was ich oben meine Enttäuschung genannt habe, hat im Umgang mit Ernst Jandl sein traumatisches Ausmaß. Was ist darüber zu sagen, was zu verschweigen?

Der schmutzige Charme falscher Diskretion ist mir ebenso verhaßt wie der Schweißgestank risikoloser Denunziation. Was ist nötige Ehrlichkeit oder zumindest für die Historie wichtige Überlieferung, so daß nicht schon wiederum, auch in dieser nicht allzu bedeutenden Sphäre, jenes beredte österreichische Schweigen seine sagenhafte Herrschaft entfaltet?

Ich weiß es nicht. Ich kann darüber nur eines sagen: Später werde ich über das alles Genaueres schreiben. Bis dahin möchte ich auf Aspekte der Gruppendynamik und so fort ..., wie man halt so sagt: In Ernst Jandl (und das ist gewiß auch ein Geheimnis seiner Kunst, man kann es ruhig verraten, denn niemand wird es glauben) implodiert Österreichs Enge.

Ekelhaft dieses Tortenwerfen in Slapstick-Manier, das sich hierzulande als die kritische Haltung vorkommt. So eine Torte, hat sie ihr Ziel getroffen, nämlich die Mitte des aufgerissenen dementierenden Mauls, ist aber, und das soll man niemals vergessen, immer noch süß. Es lohnt also gar nicht, Tyrannen zu bekritteln; sie sind, im 20. Jahrhundert, ob große oder kleine, immer die gleichen, jeder ein Vater Ubu, von bloß unterschiedlicher Monstrosität, für die schließlich ja auch ein Lehrer das Vorbild war. Verdammte Schreise! Ihre Urkraft „cholerisch" zu nennen ist die dekadente Koketterie von Sympathisanten. Kein Tyrann ist aber für sich selber das Problem, sondern er ist vor allem das derer, die ihn gewähren lassen. Wo und wann habe ich mich einem in den Weg geworfen?

Starke Persönlichkeiten teilen sich bekanntlich durch die Mechanik der Apparate mit, denen sie geschäftsführend vorsitzen. Dafür produzieren diese Apparate als Rache und ebenso mechanisch Anekdoten, in denen sich die Geschäftsführung zu ihrer Überraschung auf das widerwärtigste gespiegelt findet: Eigentlich war Hans Haider schon allein wegen seiner Funktion und Position in der „Presse" unter all den rechten Händen, die sich im Vorstand Ernst Jandl hinstreckten, jene, die dieser stets am festesten ergriffen hielt. Aber einmal hatte Haider (wird er es leugnen, warum sollte er?) eine eigene Idee. In den siebziger Jahren erreichte Wolfgang Kraus den Zenit seiner unverschämten Macht. Haider und ich (was anderes hätte damals erste Pflicht eines Schriftstellervereins sein können?) versandten ein Protestpapier. Darin wurde milde darauf hingewiesen, daß die verzweigten Herrschaftsbereiche des Herrn Kraus es einem österreichischen Schriftsteller kaum mehr ermöglichten, gesellschaftlich, „karrieremäßig", ohne ihn, Kraus, auszukommen.

Wir hatten aber selber nicht beachtet, wie sehr das zutraf, denn natürlich hatte Ernst Jandl mit Kraus längst schon einen Fernsehauftritt oder dergleichen abgesprochen. Wie stand er, der zur Zeit des Protests im Ausland weilte, nun vor Kraus da, und war es nicht billig, sich von einem Protest, der gar nichts brachte, zu distanzieren?

Diese Distanzierung war freilich in sich paradox: Sie unterstrich ja bloß die Rechtmäßigkeit des Protests, den Jandl vor Kraus zurückzog. Unser „Alleingang“ begegnete dem grün fauligen Grinsen der etablierten Macht, Kraus war unschlagbar, und das war sie: die Literaturpolitik der siebziger Jahre.

Die Zusammengehörigkeit von gleichsam „anti-autoritärer“ Kunst und reaktionärer Kulturpolitik in einer Dichterpersönlichkeit ist ein Problem, das sich nicht so ohne weiteres begreifen läßt. Gewiß, jeder Versuch, einen Menschen zu verstehen, arbeitet mit – Außenstehenden oft unbegreiflichen – Unterstellungen, auch „Projektionen“ genannt. Diese Projektionen rühren von der Rolle her, die man mehr oder minder freiwillig durch einen anderen ihm gegenüber spielen mußte. Aber darin hebt sich das Spiel nicht auf, so recht das auch den Akteuren sein würde, die wiederum von der Reflexion ihrer Rolle nichts wissen möchten: Der Enttäuschte ist nicht nur blind, sondern auch Fachmann auf dem Gebiet seiner Enttäuschung.

Unter „reaktionär“ verstehe ich hier etwas ganz Schlichtes, nämlich einfach die Behinderung anderer, von Freiheitsmöglichkeiten Gebrauch zu machen, die man nicht eigens für sie erfinden muß, ihnen nicht extra gewähren muß, sondern die außerhalb der Konstellation, in der man sie davon abhält, längst schon Gültigkeit haben. In diesem Sinne ist Österreich voll von Reaktionären, wenn ich mich nicht irre, ein wunderbares Land für sie, warum sollte ausgerechnet eine Dichterpersönlichkeit von diesen Wundern der Reaktion nicht Gebrauch machen?

Ein kleiner Exkurs zur nötigen Abwechslung:

In der Bundesrepublik ist es umgekehrt. Dort sind die Dichterpersönlichkeiten von feiner Liberalität, aber als Künstler halt doch sehr rückständig. Ich erinnere mich an ein

Romanwerk von Günter Grass, das letzte, das er, wie er sagt, verfassen wird. Was, sagt er, kann man denn nach diesem Buch noch schreiben? Die eigene sehr öffentliche und besorgte Vision von der Apokalypse, mit den Accessoires Waldsterben und Walkman in Kinderohren, will man doch nicht, wo man sich doch so sehr dafür bemüht hat, auch noch selber überholen ... und siehe da, Oskar Matzerath, nunmehr sechzig, naturgemäß erfolgreicher Videohändler, tauchte während des Schreibens an der „Rättin" (wann endlich werden diese Tierversuche eingestellt?) dem Autor unerwünscht wieder auf und quatschte ihm in den Text rein, in dem er schließlich doch ganz gut aufgenommen wurde. „Wenn es um die fünfziger Jahre geht", sagte Oskar Matzerath, „dann gehöre ich dazu!" Na ja, wer von diesen modernen Autoren kann seine Figuren noch führen und hat sie ordentlich im Griff? Natürlich, sagt Grass bei einem Grass-Literatursymposion in Linz der Dame von Studio Linz, natürlich, wenn ein Autor so etwas sagt, vom letzten Roman und dergleichen, dann darf man das nicht so ernst nehmen. Außerdem gibt es ja noch andere Literaturformen, denen man sich nach seinem letzten Roman verschreiben kann. Grass denkt dabei mehr an die Reportage, ich schlage ihm hingegen das Gedicht vor. Die Lyrik hat ja zweifellos viele Möglichkeiten, in denen der Zusammenhang von Staat und Wald ansprechend zum Ausdruck kommen kann.

Ernst Jandl, dieser wunderbare Lyriker (das Gedicht „doppelporträt jesolo 66" stammt von ihm!), gehört zu einem Land, in dem die politische Reflexion, also das Nachdenken über Machtverhältnisse, einen ganz anderen Status hat als in der Bundesrepublik, nämlich kaum einen. Für einen Dichter seiner Generation konnte alles, was nicht Hitler oder die ÖVP der fünfziger Jahre war (damals huldigte man nicht seinen, sondern anderen Schriften) als *die* Freiheit erscheinen.

Die Freiheit muß man aber festigen. In den Fünfzigern und Sechzigern regierte eine Art isolationistischer Staatsliteratur, die, siehe unten, „das Gebliebene" beängstigend fortsetzen wollte. Wer damals (so mein Bemühen um Verständnis oder meine Unterstellung) eine ästhetische Sonderware produzierte, mußte damit rechnen, daß sie nicht gleich konsumiert werden konnte: Erst müßten politische Verhältnisse eintreten oder geschaffen werden, in denen die Sonderware auch künstlerisch gedeihen kann. 1970 war es endgültig soweit, die Geschichte hatte ihren einzig vernünftigen Schlußpunkt erreicht, ihr letztes Blatt beschrieben, alles danach war posthistoire, nichts (aber vielleicht *jetzt* die ÖVP in geläuterter Form?) war politisch noch freudig zu erwarten, alles mußte nur noch entschieden gefestigt werden.

Zu diesem Zweck ist es natürlich klüger, die ohnedies zufriedenstellende Macht nachzuahmen, als etwas Riskantes anzustreben. Die Österreicher sind nicht sehr mutig. Sogar an ihren Dichtern kann man die verschiedensten Varianten der Furcht, die Pension zu verlieren, beobachten. In diesem Horizont tritt natürlich das Konzept einer von der zentralen Macht distanzierten, relativ autonomen, von Schriftstellern gebildeten urbanen literarischen Öffentlichkeit nicht auf. In einer blauen Stunde, als der Dichter das Gefühl hatte, etwas aus dieser Richtung ginge ihm an den Kragen, brüllte er: „Das ist Ideologie, und die sollen sich die Ideologen gegenseitig *wie Scheiße* ins Gesicht schmieren“, ein hübsches, unvergeßliches Bild, das, wenn ich nicht irre, zuzeiten auch wörtlich genommen worden war und in der Praxis zu anschaulichen Folgen geführt hatte.

Jedenfalls sagt die Güte der Kulturpolitik, die ein Schriftsteller als Bürger betreibt, nichts über seine Kunst. Das gilt aber auch umgekehrt: Die Güte seiner Kunst sagt nichts von der Qualität seiner Kulturpolitik, geschweige denn, daß sie sie entschuldigt, und es bleibt nur noch die Frage: Worüber sagt eigentlich die Spaltung der Qualitäten etwas aus?

Selbstverständlich sieht das kaum einer auf meine Art. Alle sind mit allen zufrieden oder unzufrieden (was hier dasselbe ist), und warum sollte irgendeiner ausgerechnet meinen Wunsch erfüllen? Der Wunsch nach dieser „relativ autonomen literarischen Öffentlichkeit“ war allerdings in den siebziger Jahren realistisch und nicht zuletzt durch Ernst Jandl sogar organisatorisch möglich. Jandl besitzt nämlich zwei Eigenschaften, die ihn als Kulturpolitiker, der er, wie er sagt, auch gar nicht sein will und es nach seinem Verständnis wohl auch nicht ist, auszeichnen: er hat einen etwas schematischen, weil nämlich Spontaneität ersetzenden, aber äußerst effizienten und hartnäckigen Sinn für Kollegialität. Noch wichtiger aber ist sein Realitätssinn, der ja nicht immer seine Kräfte in den Kunststücken der Anpassung vergeudet. Es gelang ihm ja, zumindest einen Teil der radikal antithetischen Haltungen aus den fünfziger und sechziger Jahren in einen der Massengesellschaft entsprechenden Verein zu transformieren; die im Politischen überhitzte Selbsttranszendenz von damals, das Leiden am klassischen Konflikt des österreichischen Künstlers, nämlich am *Größenwahn ohne Massenbasis*, wurde durch einen Realismus der siebziger Jahre vorübergehend therapiert.

Bald darauf ist diese relativ autonome Öffentlichkeit undenkbar geworden. Das jahrelange Bündnis der Sozialdemokratie mit dem von Gerd Bacher verkörperten altbackenen Neo-Konservativismus hat die österreichische Öffentlichkeit in einem seit den fünfziger Jahren nicht mehr gesehenen Ausmaß infantilisiert. Wie erst ein Druckfehler die Wahrheit über einen Text verrät, hat Blechas medienpolitischer Mißgriff, durch den Bacher wieder einmal an die Macht kam, allmählich die Wahrheit über die sozialdemokratische Öffentlichkeitspolitik gesagt. Sie lautet, und das geht bis in die Knochen der alten, heute längst schon aufgegebenen Arbeiter-Zeitung: *progressive Verwaltung und regressive Programmierung.*

Die siebziger Jahre waren der Aufschwung eines Leerlaufs; man kommt danach nur weiter (oder bleibt an einem richtigen Platz), indem man die alten Bündnisse durchbricht und verläßt. Von den Organisationen ist nichts zu erhoffen, sie haben alle den Leerlauf beschleunigt. Man kann sich noch an einzelne halten, zum Beispiel an Oswald Wiener, wenn er, selten genug, nach Wien kommt, um im Hörsaal I einen Vortrag zu halten, so glänzend, wie hier noch nie einer gehalten wurde.

Auf eine paradigmatische Weise läßt sich keines der obigen Exempel an Oswald Wiener statuieren. Von Wiener wird die vielleicht nicht wahre, aber wenigstens korrekt erfundene Geschichte erzählt, er habe auf einer der Frankfurter Buchmessen zu Martin Walser gesagt, es gebe nichts Lächerlicheres als „uns" alternde Literaten. Diese Lächerlichkeit trifft allerdings auf Wiener am allerwenigsten zu. Er ist der einzige unter all den namhaften Wesen, die dieser Abhandlung mehr oder minder unfreiwillig den Rahmen machen, der nur für sich selber typisch ist. Nicht allein, daß seine Erkenntnisse schon für sich genommen außerordentlich sind, es ist eben auch der „Lebensstil", „die Biographie", die sich zu ihnen nicht in einem der jämmerlichen Gegensätze befindet, wie sie das Ressentiment stets zu beklagen hat. Wenn im allgemeinen aus den Freundschaften des Kulturbetriebs nichts anderes als Kumpanei herauskommt, so ist der Film von Valie Export über Oswald Wiener eine Ausnahme. Man sieht den Mann in Alaska, und es ist keine Naturromantik, die ihn dorthin brachte, sondern erstaunlicherweise ein Interesse an der Abstraktion; die Natur ist eine abstrakte, klarere Welt als die der Stadtgesellschaft, deren scheinbare „Inhalte" die Formalismen zudecken, nach denen alles in Wahrheit funktioniert. Der Natur gegenüber kann man besser denken.

Wieners Denken, soweit ich es beurteilen kann, ist wohl eine Art Kybernetik, die die Abläufe des Lebens als komplizierte Automatik darstellen möchte. Diese Idee verhilft ihm zu einer eigentümlichen Schärfe, nicht zuletzt in der Diskussion traditionell „geisteswissenschaftlicher" Gegenstände. Es gibt einen Text Wieners über den Begriff der „Freiheit", der diesen abendländischen Problemknoten keineswegs löst, sondern ihn so zerreißt, daß man im nachhinein sofort weiß, was er einmal gewesen ist.

Dennoch hat Wiener von seiner „Freiheit“ Gebrauch gemacht – ob als Einwohner Alaskas oder als Wirt in Berlin. Es waren alles Existenzweisen, die ihn beim Denken wohl weniger störten, als sie ihm dafür nützlich waren, das heißt: ihm dafür eine Basis boten.

Die in der Schriftsteller-Subkultur eingebürgerte Klage, daß es für das große Werk kein ökonomisches Fundament gibt, weil es niemand zur Verfügung stellt, wirkt angesichts der Fähigkeit zu so einer Lebensart seltsam kraftlos. Immerhin hat diese Klage darin recht, daß die schriftstellerische Arbeit (zum Beispiel diese), ist sie einmal geleistet und an den Mann gebracht, skandalös schlecht bezahlt wird. Von Ausbeutung kann man hier ruhig oder unruhig reden. Das setzt sich in den Köpfen fest und bildet Theorien: Jeder weiß einen Determinismus, kennt den Grund, aus dem heraus er *nicht* kann.

Aber niemand kann daran gehindert werden, diesem System (das man noch stützt, an dem man noch festhält, indem man darin als schriftstellernder Bittsteller oder als wehklagender Analytiker auftritt) einfach den Rücken zu kehren. Ich habe den Eindruck, daß dieser Freiheitsraum gerade von Leuten professionell geleugnet wird, die sonst für allerlei Befreiungen engagiert sind. Ich frage mich (und nur mich), ob man nicht vor allem sich selber dabei einschränkt, wenn man als einer, der schreibt, auf die Existenzform des gehobenen Facharbeiters dringt und wenn man jede Abweichung von dieser maßvollen Utopie zu einem seiner Lebensinhalte macht, die man gelegentlich bestürzt der Öffentlichkeit zur Kenntnis bringt.

Die Verwicklung beginnt aber damit, daß der Verweis auf „die Autonomie“ gerne von jenen erteilt wird, die nicht schlecht von ihren eigenen, aber auch von den Abhängigkeiten der anderen leben, zu deren Belehrung sie sich dann noch berufen fühlen. Reich-Ranicki oder auch Thomas Bernhard (es ist nicht die einzige Sache, die sie gemeinsam betreiben) propagieren die *selbstregulierende Potenz der*

Kunst, weil, so meinen sie, auch nicht gut ist, was sich nicht durchsetzt; auf die Idee, daß sie selber das Resultat einer negativen Selektion sein könnten, kommen sie ja nicht.

Anderseits aber scheint mir die „tischbemerkung" Wieners bedenkenswert, der im Film definiert, warum die deutschsprachige Literatur nach seiner Ansicht keine Literatur mehr ist: Sie sei auf „ein soziologisches Niveau" herabgesunken, was wohl sagen will, daß diese Literatur sich aus Reflexen auf die soziale Realität zusammensetzt und diese daher gleichsam soziologisch reproduziert, ohne dabei nennenswerte Erkenntniskräfte oder auch nur einigermaßen merkwürdige Stimmungskünste zu entwickeln.

In der Tat ist in einer bestimmten Denkweise die soziale Realität als eine Ursache für das Wesen und Unwesen der Werke fest verankert. Diese Denkweise, ein „Diskurs", mündet natürlich leicht (darf man das überhaupt noch sagen, ohne denen in den Rücken zu fallen, die gerechte Forderungen wenigstens noch stellen?) in die Ausrede des Untalents, das seinen bedauernswerten, ohnedies geförderten Zustand jetzt auch noch „theoretisch" und beredt auseinanderlegen kann.

Was dagegen das Seltsame, das Befremdliche an Wiener ausmacht, ist die Tatsache, daß es ihm viele Jahre lang hindurch gelungen ist, auf dem Niveau seiner Ideen zu leben und zu denken. Vielleicht kann man das als einzelner, aber niemals im Verein, und vielleicht kann man es in einem Schriftstellerverein am allerwenigsten, wenn man bedenkt, daß die Singularität Wieners nicht zuletzt damit zusammenhängt, daß er keines der morschen Berufsmuster „Dichter", „Intellektueller" oder gar „Journalist" ausfüllt. (Anfang der neunziger Jahre bietet sich freilich ein anderes Bild: Oswald Wiener hat unter einem schnell aufgedeckten Pseudonym einen Roman veröffentlicht, der exakt unter die Kategorien paßt, die sonst recht nützlich sind, um die Romane anderer überlegen abzulehnen; Wieners Roman ist ein sozialpsychologischer Reflex auf die „Computergesellschaft", und ich glaube, er heißt: „Nicht schon wieder..." Wiener selbst nennt ihn einen Unterhaltungsroman, und warum sollte einer, der einen Unterhaltungsroman schreiben kann, es nicht tun? Es gibt ja genug, die auch das nicht können. Aber vielleicht geht daraus hervor, daß sich auf die Dauer gerade die höchsten Ansprüche nicht gegen die Versuchungen des Marktgängigen behaupten können.)

Gewiß, die Grazer Autorenversammlung (die im Grazer Telefonbuch unter Grazer Autore*nn*versammlung nachzuschlagen war, weil das doch viel plausibler klingt) hat nicht nur viele kleine, einige mittlere, sondern vor allem auch ein großes historisches Verdienst: Es ist ihr zu verdanken, daß die – die österreichische Geschichte seit der Zwischenkriegszeit so sehr entstellende – Diskrepanz zwischen wirklicher literarischer Geltung und dem Staatspreis nahezu verschwunden ist. Seitdem die Jurien auch von der GAV beschickt werden, hat sich wenigstens eine Zeitlang vieles gebessert, und es ist bitter, mit ansehen zu müssen, wie sehr einige Vertreter der alten isolationistischen, ins Hintertreffen geratenen Literaturpolitik heute von jenem Ressentiment stigmatisiert sind, das seinerzeit, als sie noch selber an der Macht waren, die von ihnen ausgegrenzten Künstler beherrschte.

Ich muß zugeben: Selbstverständlich ist kein Verein der Sklave seines Gründungsmotivs. In diesem sind bloß produktiv die Spannungen enthalten, denen er seine Existenz verdankt. Daher kommt es wohl, daß der Zwang zum Beschwören dieses Motivs wohl nur noch Unrettbares zur Rettung ausschreibt: „Gründung“, heißt es bei Klaus Heinrich, „ist ein mythologischer Begriff. Das Gegründete steht seit Ur-Zeiten. Heroen haben es gegründet, periodische Veranstaltungen halten die Erinnerung aufrecht an jene Zeit. Wenn die Heroen aus dem Dämmer der Geschichte treten, steht die Geschichte still. In Zeiten der Unruhe sehen wir sie aus dem Dämmer der Geschichte treten.“

In ihrer Entwicklung hat die GAV sich das Gründungsmotiv nicht anverwandelt, sondern sie hat es destruiert: Periodische Veranstaltungen der Autorenversammlung machen heute die Gründung vergessen, die Helden treten aus ihrem Dämmer nicht mehr hervor. Viele von ihnen sind nämlich schon ausgetreten. Die Grazer Autorenversammlung hat sich auf ihrem Weg von der Idee zur Faktizität rationalisiert. In dieser Rationalisierung (und nicht in Stellungnahmen oder Manifesten) liegt der politische Konformismus des Vereins. Der Irrationalismus, der in der Gründerzeit noch wirksam war, mußte gewiß gebändigt werden. Aber gegen das Resultat dieser Bändigung klingt der selbstironische Vorschlag von damals, als Fraktion dem jugoslawischen PEN beizutreten (nicht nur als Karikatur der Minderheitenpolitik Österreichs), vernünftig. Die Rationalisierung schafft zwar einen bürokratischen Apparat, der zwischen den Mitgliedern vermittelt, so daß diesen nichts Unvernünftiges mehr einfällt, aber dafür fällt ihnen überhaupt nichts mehr ein. Diese *systematische Auspressung der Idee durch Organisation* entspricht im kleinen, was für die kritische Theorie im großen das Modell der zukünftigen, totalitär verwalteten Welt überhaupt war. Marcuse 1941: „Die mechanischen Einrichtungen erleichtern zwar den Verkehr der Individuen untereinander, doch hemmen sie ebenso deren Libido und absorbieren sie, wobei sie das Individuum von dem allzu gefährlichen Bereich ablenken, in dem es der Gesellschaft gegenüber seine Freiheit bewahrt hat."

Diese Ablenkung von der Freiheit, die eine Gesellschaft ihren Schriftstellern ohnedies einräumt, war, aus meiner Sicht, die zentrale Politik des Vereins „Grazer Autorenversammlung". Was immer dieser Verein auch Gutes zustande brachte, seine (Ver-)Festigung in der österreichischen Gesellschaft der siebziger Jahre verdankt er fast ausschließlich einem reaktionären Anpassungskurs. Für diesen spricht, neben dem, was seine Protagonisten wohl für ihren „Erfolg" halten, auch das Recht von schriftstellernden Staatsbürgern, sich, wenn sie es so wünschen, nahtlos in eine Gesellschaft einzufügen. Aber sie haben es kaum bemerkt. Es geschah alles automatisch, das heißt in Österreich: aus Überzeugung.

Seltsam nur jene eigenartige Lustlosigkeit, die bizarre, gelegentlich kreischende Langeweile, mit der Vollversammlungen sich abwickeln, in denen man appetitlos in Utopien herumstochert, immer dumpf auf der Suche nach etwas anderem als nach dem, was gerade auf der Tagesordnung steht und was doch nicht schon alles gewesen sein kann!

Es ist natürlich lächerlich, Ernst Jandl zu Marcuse in die Schule zu schicken, oder besser, es ist (denn ich muß meine Achtung vor dem Dichter, also meine Ambivalenz, berücksichtigen) vergebliche Liebesmüh: „Je rationaler das Individuum sich verhält, je liebevoller es sich seiner rationalisierten Arbeit widmet, desto mehr unterliegt es auch den frustrierenden Aspekten dieser Rationalität. Es verliert seine Fähigkeit, jene von der besonderen Form zu unterscheiden, in welcher Rationalisierung durchgeführt wird, und es verliert sein Vertrauen in ihre unverwirklichten Möglichkeiten. Seine Sachlichkeit, sein Mißtrauen allen Werten gegenüber, welche die beobachtbaren Fakten transzendieren, sein Ressentiment gegenüber allen ‚quasi-persönlichen' und metaphysischen Interpretationen, sein Argwohn gegenüber allen Leitvorstellungen, welche die erscheinende Ordnung der Dinge, die Rationalität des Apparats auf die Rationalität der Freiheit beziehen", all das sind jene gesuchten Eigenschaften einer radikalen Eigenschaftslosigkeit, mit der man in den siebziger Jahren auch einen Schriftstellerverein einbürgerte.

So gesehen muß man gegen die Myhtologie der Gründungsgeschichte die Grazer Autorenversammlung aufgeklärt als Selbstetablierungsverein österreichischer Schriftsteller betrachten, die in den siebziger Jahren ihre traditionellen Ausgrenzungen aus der österreichischen Gesellschaft endlich (aber vielleicht nur vorübergehend?) überwinden. Diese Überwindung war automatisch eine Unterwerfung unter die politische Kultur der österreichischen Sozialdemokratie. Kulturpolitisch wurde der Verein zu einem informellen Kader der SP, mit der man gewiß fraktionelle Differenzen (bis hin zur KP) jederzeit auch zelebrieren kann. Im Inneren des Vereins wurde durch bürokratische Formalisierung eine Ebene der Kommunikation durchgesetzt, bei der die individuellen und künstlerischen Unterschiede ausgeschaltet sind, auf die es aber, nach meiner Meinung, vor allem ankommt. Von vornherein hat die Führung des Vereins es sich nicht zugetraut, auf urbane Weise mit den produktiven Differenzen zwischen Künstlern umzugehen. Dafür hat sie sich aber den Verlust unverwirklichter Möglichkeiten als Tugend angerechnet: Zehn Jahre Grazer Autorenversammlung, was für ein Erfolg! Durch Quantifizierung der Unterschiedslosigkeit entsprach man schließlich einem pseudo-objektiven Kalkül staatlicher Kulturpolitik: Je mehr Leute, desto subventionswürdiger! Anonymisierende Aufnahmepraktiken haben für die achtziger Jahre Verhältnisse geschaffen, in denen noch die letzten menschlichen Attitüden, von denen schon die Rede war, nicht mehr greifen: Auch die Tyrannei läuft heute ins Leere, weil sie von den neuen, begnadeten Mitgliedern einfach nicht mehr verstanden wird!

Der Vorstand, der sich im Laufe der Zeiten vom Bauch der Mitgliederschaft getrennt hat (wohl um einige Irrationalitäten, die immer von dorther kommen, zu unterbinden), versucht gelegentlich von oben her ‚Inhalte' zu provozieren. Es sind aber keine mehr da. Gewiß kann man einige künstlich erzeugen. Wie wär's mit ‚Realismus versus Avantgarde'? Der Präsident sagt es dem Chronisten Innerhofer: „Man ist glücklich im Vorstand, wenn man irgendein Thema hat, von dem man annimmt, darüber kann gesprochen werden anderthalb Tage lang. Ob das Thema von irgendeinem Nutzen ist, von irgendeinem Wert, das spielt dabei überhaupt keine Rolle. Die Frage ist nur, können diejenigen, diese siebzig, die da zusammenkommen, eineinhalb Tage darüber reden. Und wenn sie dann reden, wenn es tatsächlich gelingt, dann war es ein Erfolg. Sie haben ein Thema gehabt, sie haben darüber reden können, es war ein Erfolg. Sie waren anderthalb Tage beschäftigt, es war eine Vollversammlung."

Man existiert also, aber wozu?

O mein Papa war eine wunderbare Mann

Einem vollkommen unbekannten Kärntner Dichter gewidmet

O mein Papa war eine wunderbare Mann. In der geschlossenen Abteilung „Männer" sind die Geschichten, die in den Umlauf gebracht werden können, in die von den Vätern, in die von den Söhnen und in die von den Vätern und den Söhnen leicht zu teilen. Es fällt einem sofort ein, daß ein großer österreichischer Dichter der Gegenwart in einem seiner Werke sozusagen seinen Stil unter ungefähr den Worten hatte aufseufzen lassen: *„Ich hasse Franz Kafka, den Ewigen Sohn."* Dieser Seufzer ist wohl davon inspiriert, daß Kafka einen Brief an seinen Vater geschrieben hat, aber auch davon, daß der über Kafka plötzlich seufzende Dichter selber Vater geworden war, der nun, sooft er wollte, seinem Kinde gegenübersitzen konnte, das Wunder des Aufwachsens erlebend, voller Ekel den Söhnen gegenüber, die sich solchen Wundern verschließen, vor ihnen sich davonstehlen, die keine Kinder zeugen, kein Werk haben, nichts wert sind.

Fußballer. Fußballer sind überhaupt die Söhne in der Gesellschaft. Sie sind Menschen, die von den sie betreffenden öffentlichen Rednern vollkommen versohnt werden. Aber schon in den Vereinen wimmeln verantwortliche Vatergestalten, Herren, die einen Hauptberuf ausüben, von dem sie in den Verein wie nach Hause zurückkehren. Die Herren haben im Verein das Geld in der Hand, das Handgeld, um es zu schützen vor dem unreifen Zugriff der Spieler, oder um es an diese auszuteilen, entweder im Überschwang einer Dankbarkeit für den Erfolg oder in bitterer Routine bloß dem Vertrag entsprechend. Zum Vertrag gehört es, daß die Herren ohne Bewegung ihrer Körper, ohne Schweiß über die Runden kommen. Die Jungen, die die eigentliche Mannschaft bilden, laufen das ganze Jahr. Es gibt strenge Regeln, denen sie entsprechen müssen. Sie dürfen nie zu spät zum Training kommen.

In der Literatur gibt es eine große Prüfung, der sich junge Schriftsteller unterziehen können, wenn sie einen Preis haben wollen. Der Preis ist nach einer österreichischen Dichterin benannt, die in der südlichsten Stadt des deutschsprachigen Raums, in Klagenfurt, geboren war und die es besonders dort lieber nicht gewesen worden wäre. Die jungen Dichterinnen und Dichter kommen, um aus ihren eigenen schönsten Werken vorzulesen. Dann werden sie von einer Gruppe Kritikern beurteilt. Alles wird vom Fernsehen aufgenommen, alles scheint nicht wahr zu sein. Also hat einmal ein junger Dichter, um zu zeigen, daß es schmerzen muß, wenn es wahr sein will, mit einem Messer sich in die Stirne geschnitten. Das Blut tropfte ihm von dort auf das Papier hinab. Viele Jahre lang wird es von dem Dichter heißen, der sich als Sucher nach der Wahrheit einen Namen gemacht haben wird, daß er bei der Prüfung wirklich blutete. Im Umgang mit dem Vater schneiden sich die Söhne ins eigene Fleisch. Der Sohn ist aber dem Vater wie aus dem Gesicht geschnitten. Alles muß ganz wahr sein oder tot. Aber der junge Dichter war zur Sicherheit selbst Arzt. Eine Infektion durch die Schnittwunde kam daher nicht in Frage. Das Messer war rein, der Verband war gleich zur Stelle, und für des Dichters Ruf war das Blut viel besser, als wenn er sogar den Preis gewonnen hätte.

Von Kafka gibt es eine Geschichte, die „Elf Söhne“ heißt. Ein Sohn hat einen Vater, ein Vater kann elf Söhne haben. Kafkas Geschichte „Elf Söhne“ beginnt mit einem Satz, der in Großbuchstaben geschrieben steht. Der Satz lautet: „ICH HABE ELF SÖHNE.“ Und die Geschichte besteht aus nichts anderem als aus den Beurteilungen der Söhne durch den Vater. Ihm entsprechen alle elf natürlich nicht. Gewiß, alle Söhne haben gute und schlechte Eigenschaften. Der Vater als Kenner dieser Eigenschaften stimmt den guten zu und lehnt in den schlechten Eigenschaften die Söhne ganz ab. Es bleibt für jeden Sohn nur der Abstand zum Vater, keine Nähe. Über einen Sohn sagt der Vater: „Trotzdem im allgemeinen alles verlockt, diesen Sohn zur Schau zu stellen, halte ich ihn doch am liebsten im Verborgenen." Was ist mit dem letzten der elf Söhne? Er wird es gewiß für sich haben, daß er der Letzte ist. „Mag ich also wenigstens der Letzte sein", sagt der letzte der elf Söhne. Aber das „wenigstens" ist eine Untertreibung, ein Understatement. Der Letzte zu sein ist doch dem Vater gegenüber eine bessere Eigenschaft als zum Beispiel die des vierten Sohnes, der der umgänglichste von allen ist. „Ein wahres Kind seiner Zeit", heißt es bei Kafka über den umgänglichsten Sohn, „ein wahres Kind seiner Zeit, ist er jedermann verständlich. Er steht auf dem allen gemeinsamen Boden, und jeder ist versucht, ihm zuzunicken". Der letzte Sohn hingegen bedeutet dem Vater jedoch etwas anderes, er existiert als die Verkörperung eines Endes, nämlich des Endes, daß es für diesen Vater keinen weiteren Sohn mehr geben wird. Er hat eben nur elf.

Eine Elf nennt man auch eine Fußballmannschaft, denn sie besteht ja aus elf Spielern. Wenn einer der Spieler nicht entspricht, wird er scharf beobachtet. Man stellt die Frage, ob er träge oder bequem geworden ist. Erschien er nicht jüngst in einer erschreckend schlechten körperlichen Verfassung? Hat er sich nicht zwei Monate Urlaub vom Training genehmigt? Jetzt, mit 24 Jahren, ist er am Ende angekommen. Kein Wunder. Einer der Herren im Verein sagt über ihn, der Bursche hatte alle Anlagen, aber leider suchte er die Fehler nie bei sich, sondern immer bei den anderen. „Trainer", sagte der prächtig braungebrannte Bursche, der, als er die ersten Sprints hinter sich gebracht hatte, nach einem Sauerstoffzelt zu schielen schien, „Trainer", sagte er, „wir haben erst vor kurzem mit dem Aufbautraining begonnen." Aber weil er so prächtig braungebrannt war, glaubte ihm niemand. Die Recherchen ergaben: Er hatte mit seiner Dauerfreundin die Sommerwochen auf Elba, am Wörthersee und am Stubensee genossen. Die einzige sportliche Belastung, der er sich zu dieser Zeit ausgesetzt hatte, war die Unterschrift unter einen Vertrag. Und das, obwohl er, gerade er, viel Training benötigt. Hatten ihn die fetten Gagen verdorben? Die Herren hatten sich schon stets düstere Ahnungen gemacht. Einer von ihnen sprach daher wie üblich Verantwortliches. „Ich habe“, sagt der Verantwortliche, „mich öfters verpflichtet gefühlt, zum Telefon zu greifen, um ihm zu sagen: Gib dich mit dem Erreichten nicht zufrieden. Aber es hat nicht geholfen.“ Und so steht am Schluß das eisige Trainerwort: „Ich tue dem Mann nichts Gutes, wenn ich ihn aufstelle.“ Man kann einen Spieler zur Schau stellen oder ihn im Verborgenen halten. „Ich möchte ihm die Diskussionen ersparen“, sagte der Trainer. Aber die Diskussionen sind dann dennoch entbrannt.

Der vollkommen unbekannte Kärntner Dichter Rauter, der mit keinem seiner Namensvetter, wie dieser Name Namensvetter ja sagt, verwandt ist, aber auch mit keinem vertraut ist, hatte selbst Familie, war Vater. Sein Kind, ein Mädchen, trug einen japanischen Namen. Es schien, als hätten die Eltern beschlossen, eine ferne Bezeichnung für den ihnen am nächsten stehenden Menschen einzuführen, sich täglich zu erinnern, daß es den Fernen Osten namentlich gab, half vielleicht, ein südösterreichisches Leben auszuhalten. Es war ein schlechtes Leben, karg und luxurös zugleich, typisch für vollkommen unbekannte österreichische Dichter, in diesen letzten Jahren. Es war kein Geld im Haus da, aber ein Haus war da. Das Haus stand, man hatte das Gefühl gerade noch, an einer der Ausfallstraßen Klagenfurts, an einer Ausfallsstraßengabelung. Dort klang es so, als würde dieses Haus andauernd von Verkehrslärm geschliffen. Zum Schein besaß das Haus einen kleinen Garten. Von ihm aus konnte man die Autos genau sehen. Sie sehen aber überall gleich aus. Die Familie besaß einen Hund. Als kleiner Hund war er aus einem südlichen Land mitgenommen worden, aber leider war er von einer Art, die sich ungeheuer auswächst. Zur

Armut gesellte sich also ein großer Hund, der nicht einmal treu war, denn er blieb oft Tage fort, um nach seiner Rückkehr um so mehr zu fressen. Das Kind lebte mit seinem japanischen Namen in einer Gehschule und wurde gut versorgt. Aber nichts von der Versorgung stammte aus der Arbeit des Vaters. Die Mutter, selbst zu jung für einen Beruf, blutjung, wie man sagte, hatte ihrerseits eine Mutter und zwei Schwestern. Die Frauen lebten allein, der Mann war seit langem schon rücksichtslos in Amerika. Die Mutter der drei war Lehrerin, und da ihr jüngstes Kind den vollkommen unbekannten Dichter sehr liebte, gab sie alles, was nötig war, um den Haushalt an der Ausfallsstraße führbar zu machen. So finanzierte ausgerechnet die Mutter die Wiederholung des eigenen Schicksals an ihrer Tochter mit, ein Schicksal, das sie gerade ihr, der Tochter, so gern erspart hätte. Manchmal verdiente der Dichter ebenfalls. Es waren Unklarheiten in seinen Einkommensquellen. Auch die Polizei war eingeschaltet. Eine Bank war nicht zufrieden. Hatte der Dichter etwas falsch unterschrieben? Wer in seiner Lage Fuß fassen will, kommt leicht ins Strampeln, vor allem wenn er schreibt. Sein Schreibzimmer befand sich im Parterre des Hauses. Dort hatte er auch Akten angelegt. Er versuchte, die Dichtung auszuweiten auf die Organisation von Veranstaltungen über Dichtungen. Von überall her sollten Vortragende eintreffen, Dichter sollten Lesungen abhalten, er würde sie moderieren. Zu diesem Zweck schrieb der Dichter Briefe, zum Beispiel an die Universität Oldenburg. Dort lebte ein interessanter Vortragender, der nicht antwortete. Oder aber er rief von seinem Schlafzimmer aus einen wichtigen Grazer Dichter an, der war, wenngleich er im Fernsehen zugänglich schien, nicht zu haben. Die Geschäfte gingen nicht. Für den eingebürgerten einheimischen Mischberuf des organisierenden Dichters, des dichtenden Organisators, das hätte ihm ein Fachmann kühl erklären können, war er in der Provinz zu weit vom Schuß. Er hatte die Ideen, aber wer hatte das Geld? Die Bürokratien in der Hauptstadt waren zu weit weg, als daß der Dichter sich, wie viele andere Dichter, aus ihnen einen Ansprechpartner hätte erwählen können. So schrieb er und telefonierte er unbekannt ins Leere. Durch sein Haus aber ging er in einem altväterischen Hausmantel mit Quasten, immer an der Frau, die ihn liebte, vorbei. Bei den Gängen durch sein Haus erschien er als ein aufgeregtes Lebewesen, das sich in dieser steifen, schneidenden, altväterischen Haltung mit Quasten einen aussichtslosen Weg durch die Lebensströme bahnte. Im altväterischen Hausmantel empfing er auch Gäste. Die Frau kochte ihnen, die Mutter hatte es erwirtschaftet, und der Dichter brachte Wein. Von woher? Er legte Wert darauf, als Hausvater angesehen zu werden, wenngleich oder auch weil man wußte, daß er auch gelegentlich außer Haus sexuell aktiv war. Diese Gelegenheiten packte er gerne am Schopf. Mit seiner roten Mähne, seinem roten Bart und seiner überschlanken Gestalt sah er gut aus, wenn er sich mit seinem Fahrrad in den vor seinem Haus aufbrausenden Autoverkehr einreihte. Mitten im blitzschnellen Chrom der Wagen saß dann ein einzelner auf einem Rad und bediente die Pedale. Der Unbeirrbare. Den Gästen gegenüber verhielt er sich großzügig. Er gab aus dem vollen, das ihm nicht gegeben war. Er war der Sohn, der alles aufbrauchte, der nie etwas dazu tat, geschweige denn etwas Vorhandenes vermehrte, so daß es Bestand haben könnte. Er lebte von den Reserven, die ursprünglich ihm nicht zugedacht waren, die man aber, war er einmal aufgetaucht, ihm umwidmen mußte. Er verstand es perfekt, alles entgegenzunehmen, ohne dabei auch nur im geringsten den Eindruck einer falschen Unschuld zu erwecken. Es war klar, er war ein Schuft, ein Stinker. Er beraubte hauptsächlich Unschuldige. An Genossen und Kumpane teilte er aus, aber kleinlich fielen die kantigen Gesten seiner Einladung stets aus. Immer zu kurz gegriffen für die gemeinte Weite. Weit ausholend schenkte er Wein ein. Schon das Mienenspiel des Vaters macht ernst mit dem Sohn. Er erzählt von seinem Vater. Der Vater hatte ihn phantasievoll gedemütigt, gründlich geprügelt, unter Verschluß gehalten und zur Schau gestellt, fertiggemacht, trainiert, der Aufzucht wegen gezüchtigt, aufs Leben hart vorbereitet. Ein anderer Dichter derselben Gegend war mit der Härte eines solchen Vaters berühmt geworden. Die lesenden Leute nehmen bekanntlich die Kunde von einer Härte gerne entgegen, die schwarzen Idyllen weichen ihre Langweile gelegentlich auf, verleihen ihr neuen Anstrich, geben ihr Farbe. Aber: Wenn der vollkommen unbekannte Dichter beim Wein vom Vater erzählte, dann erschien der Vater durch ihn, den Dichter, hindurch peinlich wirklich im Raum. Plötzlich war er da, mit ihm die ruchlose Gestalt und Gewalt, die hinterwäldlerischen Schläge, das Entsetzen, die niemals geschmolzenen Eiszeiten, die absoluten Wehrlosigkeiten. Dann erzählten auch die anderen Gäste gerne von ihren Vätern. Auch Hitler wurde vom Vater nicht geliebt. Die Gäste sprachen dem Wein zu, und schließlich schwärmten alle von der vaterlosen Gesellschaft, ja von einer ganz allgemeinen asozialen Vaterlosigkeit, in die hineingeboren zu sein viel besser gewesen wäre.

Der natürliche und der künstliche Sohn: Ein Exkurs

Die Sokratische Herrenrunde, deren Reden Plato unter dem Titel „Symposion“ zusammengefaßt hatte, widmete sich neben dem natürlichen Thema der geistigen und der sexuellen Vortrefflichkeiten des Sokrates auch einem Mythos der Geschlechter. Platos Symposion ist im übrigen eine Art spielerische Mahnung, eine Komödie, die daran erinnert, daß es einmal eine Zeit gegeben hat, in der es noch nicht ganz entschieden war, was heute nicht mehr rückgängig zu machen ist, ob wir eine Liebeskunst haben würden oder eine Wissenschaft von den sexuellen Angelegenheiten. Die Redner auf dem Platonischen Symposion sind inspiriert, denn sie sind mit dem innigen Gedenken an die Genüsse befaßt, über deren Ursprünge sie Auskunft geben. Redner heute kämpfen wohl auch stets ernsthaft mit jeder Rede um den Platz auf der großen Rednerliste, ohne die die redende Kaste orientierungslos oder zumindest nicht so gut orientiert wäre. Eines der Themen bei Plato lautete: Festsetzungen über den Fortgang des Trinkens. Ein anderes: Entscheidung zwischen der Schönheit des Sokrates und der des Alkibiades. Der Mythos der Geschlechter aber wird im Symposion von Aristophanes, einem Komödiendichter, erzählt. Ursprünglich seien es nicht zwei, sondern drei Geschlechter gewesen. Die aber hätten in einem existiert, nämlich als weibliches, als männliches und als drittes, „welches das gemeinschaftliche war von beiden".

Diese große, kugelartig angelegte autopoetische Menschmaschine, in der alles Menschliche in einer radschlagenden Gestalt untergebracht war, sei sowohl in Gedanken als auch an Kraft und Stärke gewaltig gewesen, so gewaltig, daß dies kugelrunde Wesen sogar die Götter angreifen wollte. Zeus hätte das dreifache Geschlecht in einem zerstören können, aber dann wäre auch der Mensch als Ehrenbezeuger und Opferlieferant der Götter verlorengegangen. So entschloß sich Zeus gleichsam kurzerhand, das Menschengeschlecht zu zerschneiden. Unter Zuhilfenahme Apollos wurden Gesichter und Hälse herumgedreht, „damit der Mensch seine Zerschnittenheit vor Augen habend sittsamer würde." Divide et impera. Die Auslegbarkeit dieses Mythos vom zerschnittenen Geschlecht erscheint vielfältig, kann hier nur einfältig geschehen, nämlich durch Emphase auf die Ursprungssehnsucht nach dem Einen im Geschlechtlichen. Die Zerschnittenen, die einander vor Augen haben, mögen sich danach sehnen, zusammen zu sein, mit allen bekannten Vollkommenheits- und Wiederherstellungsphantasien. Die Liebe als Sehnsucht nach einer ursprünglichen Einheit? Die Einheit als Ursprung der Liebe? Aber die Zerschnittenen, die sich voneinander abgewandt haben, und die es der neugewonnenen Drehbarkeit ihres Halses wegen auch konnten, und die sich nun vor allem sich selbst zuwenden, also auch keinem Genossen (= von Genuß) des eigenen Geschlechts, was tun sie, die Selbstbezogenen, falls sie Söhne sind, mit sich und mit ihrem Geschlecht? Haben sie auch für sich allein eine Einheit?

Die Geschlechtlichkeit, schreibt heutzutage ein Philosoph, ist diejenige Naturanlage des Menschen, die ihn am meisten in die Abhängigkeit anderer Personen versetzt. Die Utopie der sexuellen Unabhängigkeit, der Autarkie, erfüllte sich in der Antike bekanntlich Diogenes. Nennen wir ihn den natürlichen Sohn. Der natürliche Sohn Diogenes pflegte alles in voller Öffentlichkeit zu tun, „sowohl was die Demetha betrifft wie auch die Aphrodite". Dies heißt, was die letzte betrifft: Diogenes trieb gewöhnlich öffentlich Onanie. Erstens, so sagen es die Interpreten, um die Natur gegen die sie irritierenden, verhindernden Konventionen der Scham durchzusetzen, um der Natur wieder zu ihrem Recht zu verhelfen, und zweitens aus einem ethischen Prinzip, nämlich aus dem Prinzip der Widerspruchsfreiheit, niemanden zu benötigen, also mit sich selbst eine Einheit zu bilden. Der philosophische Seufzer des Diogenes lautet: „Könnte man doch so durch Reiben des Bauches auch den Hunger vertreiben!"

Wie aber könnte man dieses geschlossene System der Masturbation bezweifeln, ohne die erbauliche Moral des naturgemäßen Seins durch ein Moralisieren in andere Richtungen hin zu übertrumpfen, oder indem man argumentiert, das Autarkie-Prinzip wäre nichts als öffentlich kompensierte Angst vor dem sexuell Anderen. Eines Tages werden Frauen sagen, der Mann stecke sein Geschlecht nur in das der Frau, um darin zu onanieren. Aber dies trifft Diogenes zunächst nicht. Denn, so heißt es in alten Texten, „er sang kymenaios sich mit den Händen". Die Natur, nämlich das, was sich durch seine Natürlichkeit rechtfertigt, Essen, Trinken, Sexualität, ist ein hübsches Auftrumpfmittel. Ein großer deutscher Dichter der Gegenwart hat jüngst auf den Tisch dieser Natur gehaut und, dem Sinne nach zitiert, gesagt: Wenn dem Delphin danach ist, dann reibt er sich an den Felsen. Aber keiner dieser heuchlerisch zivilisierten Menschen, sagte der Dichter, reibt sich heute in der U-Bahn. Und überhaupt, so der Dichter, alles diene entweder dem Genuß oder es sei nutzlos. Als Kant, so der Dichter, vom Himmel über ihm sprach und vom Gesetz in ihm, da habe er eigentlich nur wichsen wollen. Und mit solchen Sätzen habe er bloß die Lust in sich weggequatscht. Allerdings, von Diogenes unterscheidet sich dieser Dichter. Der eine, Diogenes nämlich, tut es, der andere redet nur davon. Ein bißchen aufgeputscht vom Auftrumpfmittel gegen die Konvention und verbreitet von kreuzbraven Wochenzeitschriften. Die Rede benötigt ein Publikum. Aber was wäre, wenn Diogenes, der es am Markt tat, das dort nur tat, weil er es gerne hatte, wenn man ihm dabei zusah, wenn also auch er ein Publikum benötigte, was er bloß verschleierte, und was wäre, wenn die Demonstration der Autarkie schon seinerzeit wie heute in der Art eines Termingeschäfts bloß die anlocken sollte, von denen man sich auf dem Marktplatz unabhängig zeigt? Daß Diogenes, schreibt der Philosophiehistoriker unschuldig, die berühmtesten Hetären seiner Zeit doch bekam, widerspräche ihm nicht. Es sei vielmehr als eine Art Belohnung für seine Unabhängigkeit aufzufassen. Die Hetären stellen sich ihm, der sie nicht braucht und sie nicht kaufen will, unentgeltlich zur Verfügung. Aber vielleicht hat er sie bloß geschickt herumgekriegt, weil er für sie unerträglich und öffentlich demonstrierte, ihresgleichen nicht zu benötigen.

Der natürliche Sohn war ein Philosoph von damals. Als künstliche Söhne kommen einem die Sänger der Gegenwart von heute am schnellsten entgegen. Die Sänger heutzutage im Pop-Business schaffen sich gerne Masken der Unsterblichkeit an, sie sind für ein mythisches Reich jenseits des Verfalls kostümiert. In diesem Reich bleiben sie in der Zeit gegen die Zeit ein und dieselben, sie sind ein für alle Mal unspaltbar. Nichts kann dort ihrem Selbst, ihrem Wert, ihrem Selbstwert zustoßen. Je größer der Verschleiß in Wirklichkeit sein mag, desto mehr zeigen sie sich singend von ihm verschont. Das Videobild, der Clip, ist selbst kein wirkliches Bild. Als elektronisches Bild ist es von vornherein immateriell. Im Immateriellen ist der große Sänger zuhause. Er spielt öffentlich und immateriell mit seinem Geschlecht, nämlich damit, daß er dieses hat, jenes hat, beides hat, oder ein drittes hat, das künstliche. Der künstliche Sohn ist zum Beispiel Klaus Nomi. Er singt in einem eigens dafür erfundenen Genre zwischen Pop- und Barockoper. Seine Stimme kommt von sehr weit. Sie ist zugleich männlich und weiblich und keines davon. Die Lust dieses Sängers ist es, aus sich ein Symbol dafür zu machen, keines der landläufigen Geschlechter für sich zu benötigen. Aller Natur entkleidet, blickt er vom Plattencover als Comicfigur seiner selbst. Auf der Platte singt er, von dem nicht verschwiegen werden darf, daß er in Wirklichkeit schon längst an AIDS gestorben ist, er war einer der ersten AIDS-Toten der Welt, sein konsequentes Lied, es heißt: „I am just a simple man. I have to do the simple things, that simple man can."

Ist es jetzt besser, geboren zu sein oder nicht geboren zu sein? Der unbekannte Dichter hat in seiner Heimat nichts vor sich. Irgendwann einmal sind die schönsten Quellen erschöpft. Die Rolle, die er im Hause spielte, war abgeschmackt und brutal. Er war ein Patriarch, ohne Schutz zu gewähren. Ein ungeschütztes, ein ausgesetztes Leben in der Familie ist furchtbar. Dieser Sohn spielte den Vater, um in der Rolle Frauen zu erpressen, damit sie ihn wie einen Sohn nährten. Damit holte er sich von der Mutter seines Kindes, dieser blutjungen, was ihm der Vater verweigert hatte, nämlich gute Nahrung. Und je mehr die Mutter es sich vorstellen konnte, daß es so war, desto eifersüchtiger beschnitt er ihren Gesichtskreis. Aber nicht nur das. Er schlug sie, die nie einen Vater gehabt hatte, so, wie ihn der Vater geschlagen hatte, aber nur, um bei ihr der einzige Sohn zu sein. Das sind die Rochaden in den Triaden. Wenn in einer Familie kein Geld pulsiert, der Gemeinplatz steht fest, kann es leicht sein, daß die Armut alles Liebe krank macht. In den satten Familien, der Gegensatz ist demagogisch, kann man die Krankheit besser pflegen. Dort vermehrt sich die Sattheit, alle Mitglieder können sich als gemeinsamer Besitz herausstreichen, zur Schau stellen. Sie gehören einander. Sie lassen niemanden näher als in die genau dafür abgemessenen Distanzen heran. Der Sohn wird den guten Beruf ergreifen. Im Ausland studiert er. Der Vater hat schon Bedeutung. Sie bilden eine Einheit. Ihr Ruf wächst. Sie genießen Achtung. My home is my castle. In Austria gibt es einen Vater, der mit seinem Haus bekannt geworden ist. Er ist ein Sandwichman mit Frohbotschaften aus der Welt der Gelder. Er hat ein Haus. Und daß er Geld dafür hat, das sagt er gerne auf. Auf Plakaten vor Sparkassen. Da steht er abgedruckt als Ganzkörper, als Glanzkörper, und sagt: „Geld macht glücklich, wenn man rechtzeitig darauf schaut, daß man's hat, bevor man's braucht." Rechtzeitig drauf schauen, wenn man's braucht. Den Satz vom Glück, sagt der Sandwichman im Fernsehen, hat er von seiner Mutter, einer Mühlviertler Bauerntochter. Ein andermal im Fernsehen sagt derselbe Mann, nun als Vater mit seinem Sohn auftretend: Gerade zwischen Vater und Sohn, da gebe es schon Reibungen. Meinungsunterschiede. Aber, man müsse sich nur aussprechen, um Verständigung zu erzielen, und bei „Verständigung", da glänzte sein Dauerlächeln wie neu. Dieses überlegene und zugleich ködernde Signum dafür, daß er rechtzeitig drauf g'schaut hat, daß er es hat, wenn er es braucht. Und bei „Verständigung", da hob er zusammen mit seinem Sohn, einem jungen, dumpf-muskulösen, aber sehr schönen Mann, ein Buch gegen die Kamera: ihre Gemeinschaftswahl. Das Produkt ihrer wechselseitigen Aussprachen unter dem Titel: Briefe des Vaters an den Sohn, und umgekehrt. Und das war gut so. Denn so ein Buch wird gewiß dazu dienen, das einheimisch-störrische Schweigen zwischen den Söhnen und den Vätern eloquent zu brechen.

Der Dichter aus Kärnten hatte kein Buch zustande gebracht, aber doch eine Art Buch. Er konnte seinem Vater, dem Wüterich, schlecht Briefe schreiben, und schwerer noch wäre es ihm gefallen, vom Vater welche zu erhalten. Der Vater schrieb nicht. Der Sohn war Schriftsteller, schrieb aber auch nicht. Und das einzige Buch, seine Art Buch, kam eigenartig zustande. Der Dichter stellte sich als ein einmalig eingeplantes Element der Veranstaltung, die alljährlich „Woche der Begegnung“ (die Leute wollen einander andauernd begegnen) genannt wird, vor die schwarze Wand eines Vorhangs. Vor sich sah der Dichter das Publikum. Es war spärlich erschienen. Herzlichen Dank, meine Damen und Herren, für Ihr zahlreiches Erscheinen. Sie werden jetzt an der Geburtsstunde meines Romans teilhaben, ja mehr als teilhaben, Sie werden ihn durch mich und mit mir zur Welt bringen. Und dabei schlug der Dichter mit einem kleinen eleganten Stöckchen auf eine Tischplatte und machte dazu einige blitzgeschwinde Steptanzschritte. Stöckchen, step, Stöckchen, step. „Sie, meine Damen und Herren, werden mit mir jetzt nämlich meinen Roman diktieren, und zwar, indem Sie mir zurufen, was Sie von mir dichterisch verarbeitet wünschen. Aus Ihren Zurufen werde ich den Roman entwickeln, welcher dann im Ritter-Verlag erscheinen und in allen Buchhandlungen erhältlich sein wird.“ Er wollte Dichter sein, um das Sagen zu haben, aber am Anfang stand dabei das Wort, das er anderen erteilen mußte. Stöckchen step, Stöckchen step. Der Roman hieß „Entwicklungsroman“, aber es entwickelte sich nichts, im Gegenteil, alles zerschlug sich. Man muß gesehen haben, wie Stadt- und Landbonzen das Odium des Lächerlichen an einem Menschen verachten, der bei ihnen Hilfe sucht. Ihnen ist ja geholfen. Sie haben sich selber geholfen, sie sitzen auf ihrem eigenen Ast und zeigen allen die Zunge, die unter ihnen keinen Halt finden. Anderseits war niemand, der in diesen dicken Jahren eine kulturelle Idee hatte oder gar eine kulturpolitische, in der Lage zu arbeiten, einer Arbeit nachzugehen, wie es besser heißt, weil dieser Ausdruck ja das schwer Einholbare des Vorgangs eingesteht. Hier löst sich alles auf. Die Frau mußte mit ihrer Liebe und mit seiner plötzlich von ihr erkannten Lächerlichkeit zugleich leben. Das schürte wiederum seinen Haß, und so weiter.

Als nächstes gingen sie also fort. Sie emigrierten nach Berlin. Dort gelang es dem Dichter, sein Leben endgültig auf großstädtische Weise zu verwüsten. Die verheerende Anstrengung, nicht zu arbeiten, unterbrochen von der Anstrengung, Arbeit zu finden, beides gleich aussichtslos. Seine Spuren verloschen allmählich, und die Gerüchte zischelten seltener in die alte Heimat zurück. Manchmal erschien er aber auch selber dort, um bei der Generalversammlung eines Schriftstellervereins so wie alle anderen Kollegen dort mit fahlen Diskussionsbemerkungen in hochtrabender Manier zu glänzen. So sah er also aus, der, von dem es hieß: In Berlin, so hieß es, hätte er als Nachtportier in einem Theater gearbeitet. Was für ein Theater? Die Frau hätte er wiederum, wieder und wieder, geprügelt, wollte sie prostituieren, um gut davon zu leben. Mit einer anderen Frau, hieß es, sei er gelegen, hätte nicht auf sein Kind geachtet, und da hätte plötzlich die Wohnung Feuer gefangen, in der das Kind zurückgelassen worden war. Seine Frau hätte ihn daraufhin ein für alle Mal verlassen, sie sei nach Amerika geflogen, in den Kontinent, auf dem sich irgendwo ihr Vater befand. Manchmal, so hieß es, sei der Dichter auf internationalen Flughäfen aufgetaucht und hätte, unter Waffen stehend, einen Rückflug erwartet. Aber er hatte sich getäuscht. Niemand kehrte zurück. Sie hätte es endlich gut getroffen. Die junge Frau, hieß es, in Amerika sei sie zum ersten Mal in ihrem Leben gut aufgehoben gewesen. Er hauste währenddessen in Berlin, der deutschsprachigen Großstadt, weiter. Manchmal rief er Leute mit halbwegs bekannten Namen an. Von den ganz bekannten Namen besaß er die Nummern nicht. Er schlug den Angerufenen eine Veranstaltung vor. In Wien zum Beispiel hatte er einen an der Hand, der im Literaturhaus Berlin einen Vortrag gegen die Literatur halten sollte, in Hamburg hatte er einen an der Hand, der einen Vortrag für die Literatur halten sollte, oder umgekehrt. Er selbst würde dazwischen moderieren. Das Literaturhaus rief bei den halbwegs Bekannten an und fragte: Wer ist dieser Rauter? Denn man hatte den Verdacht, dieser Rauter wäre ein Niemand, zu ungeeignet dafür, halbwegs bekannte Leute zu moderieren. Der in Wien, dem versichert wurde, jederzeit als er selber in Berlin auftreten zu können, sagte wahrheitsgemäß und, hinter einem Literaturhaus stehend, zugleich verlogen: „Dieser Rauter ist ein bekannter Schuft."

So hatte er in Berlin oft nichts zu tun, und deshalb nützte er die Zeit, indem er, wenn er nicht im Café Bleibtreu saß, den Kurfürstendamm auf und ab wanderte. Das Café Bleibtreu in seiner lockeren Ausgefranstheit kam ihm entgegen. Dort nahm er das Bleibtreufrühstück ein oder zu sich, und zwar immer die große Portion; es gab auch eine kleine. Aber „Bleibtreu groß oder klein?" war hier an diesem Tisch nie die Frage, denn der momentane Verzicht, sei es nur der geringste, bereitete diesem Gast ungleich mehr Schwierigkeiten als die dauernde Nötigung, die Folgen seiner Unfähigkeit zum Verzicht auszugleichen. „Bargeldloser Verkehr ein Leben lang", sagte der Dichter manchmal zu seiner Gattin oder zu irgendeiner anderen Frau, der er nahe genug gekommen war. Bargeldloser Verkehr war aber im Bleibtreu nicht ratsam, der Dichter hatte sich die 20 Mark für das semiexklusive Frühstück besorgt, und alles war in Ordnung. Der Kellner, in der Frühe noch von der Nacht verstört, behandelte seinen Gast, einen vollkommen unbekannten österreichischen Schriftsteller, mit ebenbürtiger solidarischer Rauheit. Beide Menschen waren plötzlich aus ihrer wechselseitig fest garantierten Anonymität aufgewacht und machten nun miteinander karge Geschäfte. Das große Bleibtreufrühstück kam also auf den Tisch. Der Dichter stocherte zielführend am Teller herum, bestrich seine Brötchen mit den zweierlei Aufstrich, den das große Bleibtreu im Unterschied zum kleinen vorsah. Der Kaffee war ein schwarzes Wasser;

„mare niger“ hatte er im Gymnasium zu übersetzen gehabt, schwarzes Meer, aber aus dem Gymnasium war er ja auch hinausgeflogen, und zwar, wie man es im deutschen Sprachraum ausdrückt, mit „Bomben und Granaten“. Unverletzt, davon unverletzt trank er jetzt das aufmunternde Wasser, nämlich den schwarzen Bleibtreukaffee, und er erinnerte sich, unangenehm berührt und unwillkürlich, wie er damals am Frankfurter Flughafen, als er, wie schon angedeutet, seine blutjunge Gattin hatte abpassen müssen, in einem Restaurant auch Kaffee verlangt hatte, und zwar *starken* Kaffee, und wie ihm die Kellnerin darauf klipp und klar erklärt hatte, *die Österreicher* wollten immer nur, was es nicht gibt; es gibt, hatte die Kellnerin gesagt, hier schwarzen Kaffee, eine Tasse oder ein Kännchen. „Wollen Sie das oder was?“, und der Dichter, der mit Recht das deutsch-österreichische Unterschiedsreden (das Besprechen der idiomatischen Unterschiede, denen ein Mentalitätsunterschied entsprechen soll) haßte, es besonders haßte in bezug auf Kaffee, bestellte, was er bekommen konnte, sei es nun eine Tasse oder ein Kännchen gewesen, und er aß daraufhin Bratwürste mit Sauerkraut, weshalb er dann plötzlich bei der Kasse, hinter der eine Kassiererin uneinnehmbar thronte, wahrnehmen mußte, daß alles zusammen 100 Mark ausmachen sollte, und die Kassiererin forderte mit ungarischem Akzent von ihm 100 Mark auf einmal. 100 Mark!, und er bestritt, „gehabt zu haben“, aber die Ungarin beharrte darauf, eine kleine Gruppe Zuhörer hatte sich währenddessen gebildet, der Dichter ging mit der Kassiererin die Posten im einzelnen durch, er war nicht auf dem Posten, und die Ungarin verrechnete sich teils selbstsicher und teils in der Panik, selber aufkommen zu müssen für etwas, was sie nicht gehabt hatte, und der Dichter, der fürchtete, seine blutjunge Frau könnte ihm entgehen, das Flugzeug könnte schon angekommen sein und er wäre nicht mehr in der Lage, sie abzuholen, bezahlte, was er nicht gehabt hatte, also am Ende 100 Mark für schwarzes Wasser und Bratwürste, worauf er, der geprügelte

Hund, zu jeder Rache bereit, durch die Labyrinthe des Flughafens zu den Ankunftsgates hinunterlief. Dort sah er seine Kleine tatsächlich: Sie half gerade einem keineswegs schmalbrüstigen jungen Mann, ihren vielleicht sogar gemeinsamen Koffer vom Förderband zu hieven ...

Vis à vis vom Café Bleibtreu war das Café Untreu errichtet worden. Die Deutschen haben nämlich einen Sinn für Antithesen; dieser Sinn ist so stark ausgeprägt, daß These und Antithese ständig einander gegenüberliegen müssen, und, was die Hauptsache ist, daß These und Antithese ununterbrochen ein und denselben Weg säumen. Der Unterschied zwischen Café Bleibtreu und Café Untreu bewegte sich aber im Horizonte der Zeit, das heißt: Bleibtreu war längst schon geöffnet, während Untreu den zeitigen Gästen von Bleibtreu noch den Eindruck erweckte, niemals aufzusperren. Untreu war eine Art Nachtbar, aber dennoch, dachte der Österreicher im Bleibtreu, sind die Menschen in Berlin einander mehr zugewandt als in Klagenfurt. Der einsame Rauter an seinem Tisch entnahm das den Gesprächen rings um ihn her; solche Gespräche sind wie wärmende Kleider, wer da nicht eingeladen ist mitzusprechen, fühlt sich nackt. „Ich habe verzweifelt", schrieb Rauter in sein noch aus Klagenfurt stammendes Notizbuch; er wollte damit die Verzweiflung, ein ohnedies häufiges Leiden, als seine besondere Tätigkeit formuliert wissen, und die Verzweiflung trieb ihn auch wieder auf den Kurfürstendamm hinaus. Dort flanierte er, wie immer, ohne Hoffnung, aber es gab dort so viel gleichgültige Eindrücke aufzunehmen, daß er selber leicht gleichgültig wurde. Manchmal schlich er sich in eines der ausladenden Kurfürstendamm-Geschäfte ein, um darin dieses oder jenes zu stehlen. Aber meistens stahl er nicht, vor allem deshalb nicht, weil er für den Diebstahl ja die eigene Frau vorgesehen hatte, und diese Vorsicht war keineswegs eine Unmenschlichkeit allein; seine Frau sollte für ihn stehlen gehen, weil sie noch minderjährig war und weil deshalb die

Strafe, die sie treffen konnte, eine Kleinigkeit ausmachte gegen das, was ihm drohte. Juristische Überlegungen solcher Art sollten in einer Partnerschaft heutzutage, vor allem wenn sie nicht auf Rosen gebettet ist, selbstverständlich sein; auch das Rosige ist ja juristisch gut abgesichert. Um wieviel mehr Recht hat also die Armut, sich nach dem Gesetzmäßigen umzusehen?

Aber der Hauptgrund, aus dem er nicht stahl, war die Selbstverständlichkeit – sie schien dem Dichter absurd –, mit der die ein und aus gehenden Menschen kauften und zahlten, kauften und zahlten. Das Wort „Kaufhaus" schien ihm in diesem Sinne ganz berechtigt, und der Dichter, der es mit der Sprache zu tun hatte, wollte sich gegen keinen Wortsinn unnötig auflehnen. Er begnügte sich damit zu schauen, und er griff in das Geschehen nur selten ein, also nur, wenn er es nötig hatte. Es ging ihm um seine Ruhe am Kurfürstendamm. Einmal jedoch hatte ihn aber auch dort das Entsetzen gepackt; als Anfänger hatte er nämlich die Bezifferungen am Kurfürstendamm nicht durchschaut. Diese Bezifferungen waren auf jeder Seite in die jeweils andere Richtung fortschreitend durchgeführt, so daß ein Wanderer auf der einen Seite anhand der Ziffern glauben mußte, seinem Ziel auf der anderen Seite immer näher gekommen zu sein, während er sich in Wahrheit von diesem immer mehr entfernt hatte. „Jetzt hat sich also auch das numerische System gegen mich verschworen", hätte sich der Kärntner Dichter zum Beispiel sagen können, aber da er einen Irrweg nicht durchschaute, war er auch nicht bereit, solch hochtrabende Formeln schon zu seinen Gunsten anzuwenden. Er war in der Großstadt plötzlich und tatsächlich einer Verirrtheit ausgeliefert gewesen; umso seltsamer, als er ja niemals ein Ziel hatte; allerdings hatte er Anhaltspunkte, wo waren sie nur? „Ich habe mich vergangen", hätte er vielleicht in sein Notizbuch geschrieben, denn Sichverirren ist ja auch ein Vergehen, selbst wenn das Österreichische falsch sagt: „Ich habe mich vergangen" anstelle von: „Ich habe mich verirrt". In dieser Situation war der Dichter Rauter auch am

Kurfürstendamm Nr. 217 vorbeigehetzt, einem nichtssagenden Gebäude, an dem freilich eine Gedenktafel angebracht war. Früher, ja früher war hier einmal die Pension STERN gewesen, jetzt war eine Wechselstube oder eine Bank darin untergebracht, etwas Ungemütliches, etwas perfekt Gleichgültiges eben, und in der Pension Stern hatte seinerzeit der Klagenfurter Dichter Robert Musil gelebt, so manchen Satz seines „Mannes ohne Eigenschaften“ verfassend. Von der Pension Stern aus war der Dichter Musil, wie verbürgt ist, „zu Rowohlt“ gegangen, und dieser Weg dorthin auf den Wittenbergplatz hat schließlich so weit geführt, daß heute der Dichter Musil, dem es seinerzeit nicht gut ergangen war, zusammen mit Kafka und vielleicht mit noch zwei oder drei anderen für uns das Stück „Klassiker der Moderne“ aufführen dürfen, und Regale über Regale in den Buchhandlungen auf aller Welt sind mit den Texten der Klassiker der Moderne aufgefüllt und nachgefüllt, und darunter sind gewiß auch die Texte, die der Dichter Musil seinerzeit verfaßte, als er die zwei Zimmer in der Pension Stern, Kurfürstendamm 217, bewohnte. Über Musil wird gesagt, daß er ein Mann voller Widersprüche gewesen wäre; einerseits wäre er zum Beispiel Moralist gewesen, anderseits jedoch hätte er das Leben einer Lebensgefährtin namens Hermine Dietz auf dem Gewissen. Das ist vielleicht kein Widerspruch, kann man doch ohne ein tätiges Gewissen auch nicht Moralist sein. Aber nichts davon bot einen Anhaltspunkt für den gehetzten unbekannten Dichter Rauter. Er war an dem nichtssagenden Gebäude gerade vorbeigehetzt und verschwand schließlich in der ja auch ihrerseits bedeutungslosen Menge.

Eines Tages traf das Gerücht von Rauters Tod ein. Es war nicht der Sturz des Titanen, es war der böse Wurschtel, der nicht zu erschlagen ist, also muß er sich selber erschlagen, Freitod oder Selbstmord, immer aufrecht und nicht nachlassen, sich nichts anmerken lassen, ganz einfach: Stöckchen step, Stöckchen step, und aus.

Das war der verlorene Sohn. Eine Geschichte, erzählt nicht ohne fragwürdig schimmerndes, sympathisierendes Mitleid. Es ist allerdings ausgeschlossen, so lange dem Vater das Wort zu entziehen. Was sagt der Vater? Der österreichische Vater sagt immer dasselbe. „Der-österreichische-Vater-Dasselbe", das ist das Spiel mit dem Reiz der falschen Verallgemeinerung. Sie reizt deshalb, weil sie bei all ihrer Falschheit etwas Wahres auch immer trifft, und zwar trifft sie es um so mehr, je radikaler, also je falscher sie ist. Beobachten wir aber ein besonderes österreichisches Vaterantlitz, es ist gerade einer wirklichen Tragödie wegen von Schwermut umwölkt. Die Tochter hatte sich jüngst in einen Schwerverbrecher verliebt, der sich wiederum nach einem gemeinsam verübten, mißlungenen Bankraub selbst getötet hatte. Die Tochter hatte den Geliebten verloren, aber sie hat noch den Vater. Sog wos, Vater. Der Vater sagt: „Ich war wahrscheinlich zu tolerant. Zuviel durchgehen lassen. Hab' sie zu sehr verwöhnt, Papa, hat's g'sagt, du hast a neue Hosn, kauf mir aa ane. Bin i sofort mit ihr gangen Hosen kaufen. Und wenn's ma g'sagt hat, des Kladl g'fallt ihr, hab' i g'sagt, nimm's mit. A wenn's zwaahalbtausend Schilling kost' hat. Jetzt, zu ihrem 18. Geburtstag, hab' ich ihr a Goldketterl g'schenkt. Achttausend Schilling hat's kost'. Aber das is des wenigste. Sie hat sich g'freut wie a Kind. Und jetzt seh ich sie als Verbrecherin in der Zeitung wieder? Ich hab' Angst g'habt, daß mit Drogen was zu tun hat. Hab' sie immer wieder g'fragt: Elvira, Kind, machst eh nix Unrechtes? Papschi, hat's dann g'sagt, is doch alles in Ordnung. Mir geht's gut. Wir haben ja immer ein wunderbares Verhältnis g'habt. Sie is, wie man so sagt, wie ein Aff' an mir g'hängt. Wie kommt sie nur auf an Schwerverbrecher? Ich hab' ja zuerst glaubt, daß er mir das Madl süchtig g'macht hat, das wär' wenigstens eine Erklärung für des, was passiert ist. Aber die Kriminalbeamten sagen: na. Sie habe es aus Liebe getan. Wahrscheinlich ist die Liebe auch eine Art Sucht. Das Furchtbare kommt ja erst. Die Untersuchungshaft. Das Gefängnis. Ich hab' noch nie g'hört, daß aner im Gefängnis besser g'worden ist. Des wird nur noch schlechter. I wer jetzt amal hinunterfahren, aber i waß net, was ich sagen soll zu ihr. Wenn ich ganz ehrlich bin, i waß net amal, ob ich's anschauen kann ..."

Was also sagt der österreichische Vater immer: Er sagt immer dasselbe, er fragt nämlich immer, den Sohn, die Tochter: Womit, fragt er, habe ich es verdient, daß du mir dein Unglück antust? Warum tust du mir dein Unglück an? Und die Söhne und die Töchter des Landes zukunftsreich weisen ihre erfrorenen Finger vor und rufen dem Vater zu: „Siechst Vater, g'schieht dir recht, daß d' uns keine Fäustling' kauft hast!" Das ist übrigens eines der sozialpsychologischen Geheimnisse, die in der österreichischen Politik die stets gekränkte Autorität mit der immer aussichtslosen Opposition auf ewig verbindet.

Nachsatz: Ein weltberühmter Psychiater zog einst auch durch unser Land. Der Psychiater war dick, großartig und aus England. In Plastiksäcken trugen ihm seine Freunde Bierdosen nach. Er ergriff in regelmäßigen Abständen eine Dose nach der anderen. Er trank nicht, er inhalierte Bier aus der Dose. Jedesmal, wenn er den Schaum und alles andere darin aufgesogen hatte, quetschte er die Dose bis zum letzten aus. Es schien, er nahm seine Welt durch den Mund auf und war nicht gewillt, etwas davon übrigzulassen. Er hatte viele Bücher geschrieben. Eines hieß „Der Tod der Familie". Darin kam das Wort „Papa- und Mamascheiße" vor. Gemeint war: Niemand mehr sollte sich darin verstricken, jeder sollte sein eigenes Leben usw. leben. Jedenfalls frei von den höchstpersönlichen Archetypen, die Eltern einem vorprägen. Das Buch „Der Tod der Familie" war lange Zeit vergriffen. Auch der weltberühmte Psychiater ist tot. Es hieß, später sei er auf Whisky übergegangen. Er war ein schwacher Mann, kein zarter. Aber das Umfassende des Ausdrucks seiner Schwäche, auch das schlohweiße Haar auf dem dicken Kopf, ließen ihn gebrechlich wirken. In Kafkas Text von den elf Söhnen heißt es über den letzten Sohn: „Mein elfter Sohn ist zart. Wohl der schwächste unter meinen Söhnen. Aber täuschend in seiner Schwäche. Er kann nämlich zu Zeiten kräftig und bestimmt sein. Doch ist allerdings selbst dann die Schwäche irgendwie grundlegend. Es ist aber keine beschämende Schwäche, sondern etwas, das nur auf diesem unserem Erdboden als Schwäche erscheint. Ist nicht zum Beispiel auch Flugbereitschaft Schwäche? Da sie doch Schwanken und Unbestimmtheit und Flattern ist. Etwas derartiges zeigt mein Sohn. Den Vater freuen natürlich solche Eigenschaften nicht, sie gehen ja offenbar auf Zerstörung der Familie aus."

AUSFLÜCHTE

Gedanke

„Was denkst du?“
„Ich denke an mein Elend.“
„Was ist dein Elend?“
„Mein Elend ist ein Märchenschloß.“

Am Dritten Holzweg

Ein Beitrag zur direkten Monotonie

Vorbemerkung

Keineswegs ist es das erste Mal, und es hätte nach rechten Dingen auch niemals das erste Mal sein können, daß ich einer Themenstellung nicht gewachsen bin. Themen sind wie Fallen gestellt; man sollte sich niemals auf eines einlassen, man geht daran zugrunde, was man ja auch auch so verstehen kann, daß plötzlich zwischen einem selber und dem Grund, den man angegangen ist, keine Differenz mehr herrscht. Es gibt dann kein Thema mehr, kein Subjekt und kein Objekt. Dem sitze ich indifferent an meinem Schreibtisch gegenüber. Grundwasser. Ich empfand stets, falls ich mich korrekt erinnere, eine wohlige, eine gruslige Aversion, eine Ab-Neigung für Eigentlichkeitsschwärmer. Kennen die Eigentlichkeitsschwärmer die Fallen, in die mich die Themen locken, die mir plötzlich in den Weg gestellt werden?

Es ist keine Schande, einem Thema nicht „gewachsen" zu sein. Ich weiß nichts, wirklich nichts über dritte Wege, und der Anstrengung, dieses Nichts-Wissen in eine Docta ignorantia umzumodeln, fühle ich mich noch viel weniger gewachsen. Ich habe auch ganz andere Sorgen, ich muß unendlich viele Themen abwehren, die sich stellen. Ich möchte universal werden, so daß die Menschen draußen sagen: „Er hat kein Thema!", und zwar nicht, weil er ein jedes schon gehabt hat, sondern weil er, also ich, keines mehr hat. Erst wenn mir die Themen ausgegangen sind, wird es sprichwörtlich sein, was ich, also er, zu sagen habe (hat).

Ich bin Publizist. „Ich *muß* publizieren", pflegt ein Freund, dem bei dieser Not die Stirnadern anschwellen, von sich zu sagen. Ich widerspreche ihm stets und publiziere diesen Widerspruch. Es fiel mir immer leicht, ein Thema, das mich ahnungslos stellt, allmählich zu „erarbeiten"; ich arbeiten? Langsam ergibt sich bei jedem Thema, falls man gesund ist, ein Weg: die Methode! Plötzlich stellen sich die Regeln ein, nach denen das ganze Thema über kurz oder lang zu machen ist. Es ist zu machen, und was sollte heute leichter zu machen sein als eine Studie über den „dritten Weg“, inklusive eines Verdammens der plumpen Bipolarität, die heute zugrunde geht, da „die Blöcke“ sich öffnen, also sogar die Staaten ein gutes, dem Thema entsprechendes Beispiel geben?

Was geschieht, ist nichts als die Illustration zu dem Thema, das man gerade erarbeitet. Man müßte es eigentlich nur verschlüsseln. Jedenfalls sind die Gattungen bloß durch ihren jeweiligen Verschlüsselungsgrad unterschieden. Der Lyriker muß mehr verschlüsseln, oder eben umgekehrt: um eine Überraschung zu erzielen, muß der Lyriker plötzlich das ganz Unverschlüsselte ausspielen. Man darf sich nicht in die Karten sehen lassen, das ist die Kunst. Der Rest ist das Thema.

Sehr vage erinnere ich mich an ein Buch, das so ähnlich wie „Literatur oder Therapie?“ hieß. Der Autor war ein kluger Mann, in Ehren grau geworden und nicht älter als fünfzig, schon von einer jungenhaften Wachheit. Ich habe einmal gesehen, wie er ohne unnötige Indirektheiten den Starkritiker seiner Zeit umschmeichelte. Literatur oder Therapie? Sehr deutlich erinnere ich mich daran, daß sein Buch in meinen ungesunden Kreisen („unter Freunden“) sehr beliebt war. Das ist für mich immer eine ernstzunehmende Warnung, aber ich erinnere mich auch, ebenso genau, an ein Gefühl, das ich diesem Buch verdanke: Es ist ein Grauen vor dem „dritten Weg“, eine Zuneigung auch zu jedem Abgrund, wenn er nur schnurstracks erreichbar ist. In diesem Buch nämlich ringt ein Autor mit der Frage „Literatur oder Therapie?“, und dabei gelangt er in ein Gestrüpp wechselseitig motivierter Undurchsichtigkeiten, unter dem Vorzeichen geheimer Vorlieben, das eine möge doch auch das andere sein, bitte!, und doch gleichzeitig das eine, und nichts als das eine, damit es so vielleicht gerade viel besser auch das andere sein kann und nichts als das andere, dem es in bezug auf das eine genauso ergehen muß wie logischerweise dem anderen.

Auf allen Ebenen werden, wie in Katerakten (sic!) des Geistes, Sätze hörbar, die das Thema betreffen. „Niemand", sagt jemand, „kann mir einen dritten Weg erklären zwischen einem NATO-Deutschland und einem neutralen Deutschland." Ich arbeite für das Radio, für den Rundfunk, und schreibe daher oft solche Sätze, die andere sprechen und deren Sinn jedermann zugänglich ist, wenngleich gerade hinter solchen Sätzen eine allgemein akzeptierte Unverständlichkeit lauert, die der Aufklärung bedürfte. Der Mann, der diesen Satz in Wirklichkeit gesprochen hat, hat aus ihm sogar einen Schluß gezogen. Er lautet: „Deshalb sind wir für ein neutrales Deutschland."

Was wird kommen? Das Unverständliche liegt in der Zukunft, und man sollte wissen, wo heute deren Entweder-Oder liegt, und ich gebe zu, was ich von den dritten Wegen ahne, ist, daß sie vielleicht ein fromme Hoffnung darstellen. Die Eschatologie eines Bilderwitzes: Eine heruntergekommene Menschenschar hat plötzlich den zugespitzten Gipfel ihrer Ausweglosigkeit erreicht. Jetzt aber, da sie schon verenden, klopft ein hochmütiger Straßenbeamter ein luxuriöses Schild in die Wüste. Auf diesem steht: „3. Weg. 10 min."

Ich bin Melancholiker. Das geht aus dem bisher Gesagten hervor. Meine Schwermut ... Manchmal trage ich ein grellgelbes Hemd. Man kann mich dann in der Kantine schon von weither sehen. Ich lege darauf keinen Wert; ich befürchte eher, daß das dazu führt, daß man dem Gelb meinen *Neid* auf alles Lustige ansieht. Aber Scherz beiseite: Es gibt Menschen, die mir Angst machen, weil sie das Leben auf Alternativen bringen können. Sie sagen: „So oder so und sonst gar nichts!" Sie treiben mich wie eine Katze die Maus vor sich her, in einer Versuchsanordnung, in der es aussieht, als wüßte die Katze, wo es langgeht, und der Maus bliebe nichts anderes übrig, als es atemlos zur Kenntnis zu nehmen. Ich komme von diesen Menschen nicht los, obwohl ich als Gejagter ja weiß, daß sie im Unrecht sind. Aber ich weiß zu wenig, und sie können mir ein schlechtes Gewissen machen, weil ich zu wenig weiß. Ich erkenne die Alternativen nicht, die in der Seinsfülle angelegt sein müssen, denn hinterher, wenn die jeweilige Lage Geschichte geworden ist, zeigt sich, daß da Alternativen waren – es sei denn, diejenigen, die Geschichte konstruieren, sind mit meinen Jägern im Einverständnis. Sie verpassen einer vergangenen Gegenwart ein paar Alternativen, und vor allem statten sie alles Gewesene mit *dem* Fehler aus. Das ist es: der Fehler, der gemacht wurde, der gemacht wird, der gemacht worden sein wird, der nicht mehr wieder gutzumachen sein wird. Vor so einem Fehler steht man in meiner Lage jederzeit, und das Geheimnis derer, die die Alternativen wissen, die einen Weg kennen, weil sie einen anderen Weg als falsch durchschaut haben, besteht darin, daß sie einen Begriff von dem Fehler zu haben scheinen, den man gerade zu machen im Begriff ist. Sie haben natürlich keinen Begriff, aber wenn man auch keinen hat, empfindet man ihre Bestimmtheit wie eine Art qualvoller Erlösung. Ja, ich bin überzeugt: sie erkennen die Alternativen auch nicht. Dennoch bin ich sicher, daß es die Alternativen gibt, daß es diese Enge gibt, in der die Entscheidungen nottun. Der Pfarrer von Kirchfeld bekommt zu hören, daß er, der Zölibateur, das Mädchen, dem er schon ein goldenes Kreuz aus dem Fundus seiner Mama geschenkt hat, entweder dabehalten kann, aber dann in Unehren, oder daß er es fortschicken kann – in Ehren. Aber diese Ehre schmerzt, und der Pfarrer von Kirchfeld hält inne und sagt sich: *„Einen dritten Weg gibt es nicht ...!?“*

Ich glaube, daß das Leben hart ist, und nicht so mit sich reden läßt wie der Autor (mit sich) über Literatur und Therapie. Deshalb komme ich von den Leuten nicht los, die vorgeben, *es* zu wissen, deshalb fühle ich mich von ihnen gejagt, weil ich glaube, daß es die Alternativen gibt, und weil ich glaube, daß sie mit ihren falschen Alternativen wenigstens gegen mich recht haben, der ich keine Alternative sehe und daher auch den Fehler nicht. Sie sehen wenigstens eine Alternative, die keine ist. Aber da es eine gibt, ist auch eine wirklich gesehene Alternative, selbst wenn sie nicht wirklich eine ist, *mehr* als gar keine Alternative. Vielleicht hätte jener, dessen Text jetzt endlich kommen soll, der ja unten schon steht, wie jeder sehen kann, gesagt: Die Ahnungslosen hängen von den Dogmatikern ab, und gemeinsam schreiten sie durch die Welt, um Geschichte zu machen.

Ja, was hätte der Pfarrer von Kirchfeld tun sollen? Zerstören, die Konstellation seiner Alternativen zerstören! Das ist ein dritter Weg. Auf ihm wäre der Pfarrer zur Souveränität gelangt, zur Unabhängigkeit von den irdischen Alternativen, von der Lächerlichkeit des Einerseits-Anderseits. Nein, ich habe keine Ahnung, und ich stütze mich längst schon auf den untenstehenden Text, ohne den ich nichts gesagt hätte, nichts über den dritten Weg. Mit diesem Text hat es nämlich eine Bewandtnis: Ich habe ihn gefunden, in einem der Gänge der UBW. Dort, auf einem Gang der Universität für Bildungswissenschaften, begleitete ich meine Studenten von einem Hörsaal in den anderen. Ich muß meine Studenten immer von einem Hörsaal in den anderen begleiten, da wir niemals einen Hörsaal ganz für uns bekommen können. Alle zehn Minuten brechen wir auf, gehen über die Gänge, zu dem neuen Hörsaal, und setzen uns dort gegen andere, bereits sitzende Hörer durch, die aber, wie ich stets beweisen kann, nicht hierhergehören. Unsere Gänge haben niemals etwas gebracht, bis eben auf dieses eine Mal, da ich den untenstehenden Text fand. Es war damals eine eigenartige Stimmung an der Universität für Bildungswissenschaften. Graue Gestalten, gebeugt, weiß Gott von welchen Alternativen, dann aber auch elegante Herren, einer mit einem gezwirbelten Schnurrbart, und Brillen darüber, ein paar mundlose Männer, die dauernd sprachen, und zwar so schnell, daß der Mund unter der Geschwindigkeit verschwand, Anzüge – Krawatten – weiße Hemden, und ganz das Gegenteil: schwarz gekleidete Jeansmänner mit lumpigen Jacken, im Gesicht Drei-Tage-Bärte oder vollbärtig, mit Blicken so sehnsüchtig und so alleingelassen. Und diese wachen Augen. Ein besonderes wissenschaftliches Kolleg, ein Symposion, wie mir auffiel, ganz ohne Frauen (oder mit nur wenigen, von den Männern versteckten?), und während diese Männer die Hörsäle besetzten, um zu Kierkegaards „Entweder – Oder“, das war das Thema, Stellung zu beziehen, ließ man uns gehen, alle zehn Minuten einen neuen Hörsaal suchen. Everybody goes oder Everybody loves Somebody oder Anything goes? Das ist natürlich die Frage, und es fragt sich, ob das Denken in Slogans nicht am Ende das Denken ist, also: das zu sich selbst selbst gekommene Denken, das nichts mehr zu wünschen übrig läßt, denn es fragt sich ja, ob nicht ENTWEDER – ODER auch so ein Slogan ist, in seiner Sloganartigkeit bloß unerkannt, weil das Milieu, in dem KIERKEGAARD oder ENTWEDER – ODER gesagt wird, nicht günstig ist, um einen Slogan als Slogan zu erkennen. Ich muß zugeben (und zugleich abstreiten, daß es erst aus der Zeit herrührt, seit der ich die Sendung ABSTRAKT für das Radio leite), daß ich von dem Verdacht gequält werde, die elaborierten Gedankengänge seien auf dem gleichen Sand gebaut wie die beiläufigen. Das ist ein eigentümliches Gefühl, wenn man plötzlich wähnt, „Everybody loves Somebody“ ist im Grunde genau so gut wie „Ich denke, also bin ich“. Dann hat man einen Halt verloren und fühlt sich zugleich befreit von fesselnden Disziplinen. Freiheit und zugleich Halt-haben, ganz sicher sein und absolut frei, das ist der merkwürdige Zirkel, zu dem sich in den Köpfen die Wirklichkeit rotierend auflöst, was manche Idioten sogar Wagnis nennen, aber, wie gesagt, ich sage hier gar nichts, was ich ohne untenstehenden Text zu sagen gewagt hätte. Ich fand ihn also auf dem Gang, er lag neben einem dieser säulenartigen Aschenbecher, die dem Raucher freundlich bis zur Brust gereichen, um ihn aufzufordern, die Asche nur in ihn und nirgendwohin sonst zu streifen. Es war eine Tagungsmappe, in der sich der Text befand; eines dieser vorgefertigten Namensplaketten war daran mit einer Stecknadel geheftet. Darauf stand kein

Name, ich betone: KEIN NAME, also nicht einfach keiner, sondern spürbar keiner. Dennoch hätte ich diesen Text nicht unter meinem Namen veröffentlichen können. Erstens weil ich ein ehrlicher Mann bin, der nichts für sich beansprucht, was ihm nicht gehört, und käme es ihm auch noch so entgegen! Wer an meiner Ehrlichkeit, an meiner Aufrichtigkeit zweifelt, braucht aber dennoch nicht mit meinem Unverständnis zu rechnen. Persönliche Integrität hat heutzutage auch für mich bloß den Sinn, angegriffen zu werden. Ohne Angriff besteht keine persönliche Integrität; sie wäre dann gleichgültig. Aber der von mir herausgegebene, untenstehende Text überschreitet solche Fragen spielend. Es geht darin um mehr als um persönliche Integrität. Es besteht die Möglichkeit, daß ich mich mit der Herausgabe zum Narren mache. Aber gesetzt den Fall, ich machte mich gar nicht zum Narren, sondern der herausgegebene Text wäre echt, genauso echt wie die Einleitung hier, dann gäbe es einen anderen Grund zur Vorsicht als den der wohl verständlichen Selbstsorge: Der Text könnte seinem Verfasser schaden, in einem ganz anderen Sinn als in dem, in dem Texte immer ihren Verfassern schaden. So will ich zugeben, daß meine herausgeberische Tätigkeit von der philologisch problematischen Idee geleitet ist, einen solchen Schaden abzuwenden. Meine Eingriffe in den Text beschränken sich darauf, das Ausmaß dieses Schadens ahnen, ohne ihn akut werden zu lassen. Keine leichte Aufgabe. Jetzt noch nachträglich, beim Verfassen der Reinschrift, in Erinnerung an die ordentlich beschriebenen Blätter, mit den nichts verratenden Schriftzügen, empfinde ich ein ortloses, gleichsam utopisches Unbehagen. *Wer sind wir, wohin gehen wir?* Und mein Unbehagen steigt, wenn ich daran denke, wie gewisse Leute sagen werden, daß mir der Andere nicht ganz unähnlich ist. Aber eine solche Ähnlichkeit liegt nur daran, daß alle Leute, die jemals die Universität für Bildungswissenschaften betreten haben, einander ähnlich sind.

1

Eine Maske ist nicht nötig: Ich bin ein unbekannter Mann, nicht der große Unbekannte, aber immerhin unbekannt genug für eine Zeit, in der man schon alle kennt. Aber ich möchte möglichst wenig über meine Zeit sagen; ich stelle mir vor, am Ende meiner Zeit, wenn meine Zeit abgelaufen ist, steht auf meinem Grab die Inschrift: Er hat über seine Zeit nichts gesagt. Die Stimmen mehren sich, die über ihre Zeit etwas sagen. Es ist eine Inflation in der Beschäftigung, die Zeit auf irgendwelche Begriffe zu bringen. Daher ist es sogar besser, das Zeitliche zu segnen, als die Zeit zu diagnostizieren. Außerdem ist die Zeit längst schon unter den Diagnosen verschwunden, aber wahrscheinlich hört das Diagnostizieren auch ohne Zeit nicht auf, denn es beruht auf der zutreffenden Vorstellung, daß sie krank ist, und dann auf der falschen Vorstellung, daß man eine Therapie (oder keine) wüßte, also darauf, daß man der Arzt ist, welcher eben auch manchmal sagen muß, mit seiner ärztlichen Kunst am Ende zu sein. Das Falsche und das Richtige schaukeln sich dann gegenseitig auf, und es kommt zu vegetativen Störungen, die man zusammenfassend den Geist der Zeit nennt; vom Zeitgeist wünscht man dann, er möge so sein oder anders, oder man konstatiert, er sei so oder anders. Man pflegt anspruchsvollen Umgang mit ihm, obwohl er wie alle Geister vor allem nur noch Ruinen belebt. Deshalb liebe ich Symposien über Kierkegaard, und die erlesene Langeweile, die sich von den Vortragspulten her mitteilt, schaffen mir ein Zeitgefühl, das in der Tierwelt den Krokodilen zukommt, die in schlammigen Gewässern dahinexistieren und bei denen nur Fachleute unterscheiden, ob das Auf- und Zuklappen ihrer Mäuler jetzt einem mörderischen Hunger entspricht oder einem ermatteten Gähnen. Ich bin Universitätslehrer, und worauf ich Wert lege, wahrhafter Philosoph. Was das heißt, wird man schon noch sehen; jedenfalls vertreibe ich mir meine Zeit mit Schreiben, und ich schwebe seelisch am angenehmsten dahin, wenn ein sogenannter Kollege vom Pult aus seine dramatischen Forschungsergebnisse über Kierkegaard vor einem geschlagenen Publikum zum besten gibt. Ich selbst erfreue mich großer Beliebtheit, weil den sich abrackernden Rednern dünkt, ich schriebe ihre Mühsal mit. Ich bin ein Künstler im Erzeugen von Aufmerksamkeit in meinen Gesichtsausdrücken, und während ein Redner von meiner Konzentration als Reaktion auf seine Rede hingerissen ist, ja während der Redner in meinen Mienen seinen philosophischen Eros wiederzuentdecken glaubt, dem er mit Recht bei sich schon verloren dachte, ja, währenddessen kümmert mich das alles überhaupt nicht. Ich bin ein guter Zuhörer und in der ganzen Welt zu Symposien über Kierkegaard eingeladen, ohne daß ich jemals einen anderen Vortrag gehalten hätte als den einen, mit dem vor vielen Jahren dies alles begann. Heute trete ich manchmal vor das Auditorium und sage: „Meine Damen und Herren! Verzeihen Sie mir, aber ich bin auf der langen Reise meines Gepäcks verlustig gegangen, und wie mir die Fluggesellschaft mitgeteilt hat, seien meine Koffer durch einen Irrtum in ein Flugzeug der Air India verlagert worden, welches sich in eine vollkommen entgegengesetzte Ferne aufgemacht hat, von wo eine Rückkehr nicht ohne weiteres zu erwarten ist. Nun wäre der Verlust meines Gepäcks kaum weiter beklagenswert. Ein Philosoph, wie Sie wissen, bedarf nur weniger Dinge. Freilich befindet sich in dem abgeflogenen Gepäck ausgerechnet das Manuskript, das ich hier und jetzt vortragen wollte und das meine jüngsten Forschungsarbeiten zu Kierkegaard enthält. So sehe ich mich jetzt gezwungen, meinen Vortrag *frei* zu halten“, und schon erzähle ich, was ich über Kierkegaard immer zu erzählen pflege, und habe auch durch diese Einleitungsprozedur an die dreißig Sekunden gewonnen, die mich näher an meine tranceartige Schriftstellerei heranbringen.

Natürlich versuchte ich einst, von meiner fragwürdigen akademischen Sendung zu lassen, selbstverständlich, bevor ich entdeckte, welch eine hervorragende Tarnung eine philosophische Lehrtätigkeit für wirkliche philosophische Praxis darstellt. Damals hatte ich in der „ZEIT" ein Inserat aufgegeben, das meine Eignung für außerordentliche Positionen in der Welt draußen mit den Worten betonen wollte: *„Nach vielen Jahren Unitätigkeit, suche ich eine hervorragende Stellung ...“*, und ich erhielt auch einen Haufen Antwortschreiben, leider von beleidigendem Inhalt. Die Menschen vom Blatt hatten nämlich nicht „Nach vielen Jahren Unitätigkeit" gedruckt, sondern: „Nach vielen Jahren UNtätigkeit", weshalb viele Menschen aus Deutschland zur Feder griffen, um in etwa zu schreiben: „Sie Sack! Jetzt haben sie viele Jahre nichts getan und wollen plötzlich eine hervorragende Stellung. Ich mache Sie darauf aufmerksam, daß ich, im Unterschied zu Ihnen, viele Jahre schwer gearbeitet habe und an eine hervorragende Stellung nicht einmal denken kann!" Oder zum Beispiel schrieb mir ein anderer: „Seit vielen Jahren lese ich schon ‚DIE ZEIT'. Ich verfolge darin all die Themen, die gewissermaßen die Welt bedeuten, und wie Sie vielleicht wissen, bedeutet das selten etwas Gutes: Schiffsunglücke, Brandlegung, nationale Fragen, Kultur. Aber niemals habe ich in der ‚ZEIT' etwas derartig Deprimierendes gelesen wie Ihr Inserat." Oder: „Ich sitze in meinem Büro am Hamburger Hafen; meine Augen schmerzen der vielen Jahre wegen, die ich versucht hatte, aus dem blinden Fenster hinauszustarren, um ein wenig von den Geräuschen, die einen Hafen erfüllen, auch visuell ausmachen zu können, und da fällt mir plötzlich Ihr Inserat in die Hände: Sie wollen eine hervorragende Stellung ..." Es war damals furchtbar, ich fühlte mich erkannt ... auf der Grundlage eines Druckfehlers. So wenig braucht es, um aufzufliegen, auch wenn man gar nichts, *noch* nichts verbrochen hat.

2

Doch möchte ich mich nicht schlechter machen, als ich es ohnedies und sogar mit aller Leichtigkeit bin. Ich gestehe, daß ich Empfindlichkeiten meinen eigenen Niedrigkeiten gegenüber kenne. Heimtücke, Bosheit, Betrug mögen mich zuzeiten erheben; sie geben mir das Gefühl einer Unabhängigkeit anderen gegenüber, besonders denen gegenüber, die mir glauben, was ich ihnen vormache. Aber diese Euphorie führt auch zu melancholischen Zügen, zu einem leisen Jammer über die Welt, die sich sogar von einem wie mir etwas vormachen läßt. Nein, das ist nicht der Grund; der Grund ist, daß von den Niedrigkeiten, die mir allerdings kein Selbstzweck sind und die ich schon gar nicht einer Bereicherung wegen auf mich nehme, ein fahler Geruch ausgeht: Es stinkt. Zum Himmel. Theodizee. Aber stinkt nicht auch der gemeine Edelmut, dies Erhobenen-Hauptes-durch-das-Leben-Gehen, ohne etwas verbrochen zu haben? Es liegt mir nicht, mich einer Verwerflichkeit zu brüsten, mir eine Niedertracht zugute zu halten. Ich benütze hier nur die Gelegenheit, ein Geständnis anzudeuten, das heißt: eine Spur zu legen, denn mir ist langweilig; und wenn man für einen Verrat bloß sich selber hat, dann ist es eben, der Spannung halber, nützlich, sich selber zu verraten, aber nur so viel, daß einem die Hoffnung bleibt, vielleicht doch wieder entwischen zu können, ungeschoren ins nächste Symposion über Kierkegaard: „Selbst das geringste Individuum hat somit eine Doppelexistenz", oder wollte ich vielleicht sagen: „Was also durch mein Entweder-Oder in Erscheinung tritt, ist das Ethische." Ich interessiere mich wirklich für Kierkegaard, dieses Interesse ist ein wesentlicher Bestandteil der philosophischen Kultur meines Landes und all der Länder, in denen ich über Kierkegaard vortrage. Da ich mich hier nicht schlechter machen will, als ich ohnedies bin, will ich gewisse Geheimstudien schriftlich gestehen, von denen niemand weiß (die also keine Spur darstellen), die aber deutlich belegen, daß ich dem großen Dänen näherstehe als die meisten lächerlichen Denker: Ich spreche nämlich Dänisch, ich habe Dänisch studiert, unter gar nicht leichten Bedingungen, an einem Fjord, während vieler Winter. Der dänische Sprachgeist ist das halbe Kierkegaard-Verständnis. Schon das halbe Verständnis war mir der Mühe wert; es lohnt sich zu hören, wie die bundesdeutschen Germanismen ihre eigene Seichtigkeit zur Methode der Interpretation des großen Dänen aufgebauscht haben. Ich triumphiere auf der Grundlage eines Vortrages und auf dem Fundament gründlicher Sprachkenntnisse. Mit einer Sprache hat man wenigstens etwas in der Hand, wenn man das so sagen darf. Daher möchte ich noch ein wenig nomadisieren, bevor ich zum Wesentlichen, zur Andeutung eines Geständnisses komme. In diesem Land ist mir nämlich etwas Merkwürdiges passiert: Ich las, die Polizei habe hier ein WEGWEISERECHT. Das schien mir unbegreiflich, denn sowohl in meiner Heimat als auch in Dänemark hätte man darüber kein Wort verloren. Hier aber brachten die Zeitungen lange Absätze zum Thema. Es waren verschämte, auch unverschämte Dankesartikel für Polizisten, die von ihrem WEGWEISERECHT Gebrauch gemacht hatten. Unverschämt waren die Artikel, wenn sie der polizeilichen Autorität durch Liebdienerei nahezukommen suchten; sie umschmeichelten dann die Polizistengesichter und die Uniformkörper, unter deren Abbilder das Wort stand: WEGWEISERECHT. Unbegreiflich, denn in meiner Heimat oder in Dänemark ist es die selbstverständliche Pflicht der Polizei, zum Beispiel einem Fremden auf Anfrage den Weg zu weisen. Als Fremder ist man ja oft ohne Orientierung und nimmt in dieser Hinsicht gerne die einheimische Staatsmacht in Anspruch. Man kommt aber niemals auf die Idee, darin eines ihrer Rechte zu sehen. Aber je mehr ich mich in das Mißverständnis verbohrte – und ein Mißverständnis in bezug auf die Polizei ist für mich schnell eines von Existieren oder Nicht-Existieren –, desto klarer wurde mir, daß ich bloß einem plumpen Doppelsinn auf den Leim gegangen war. Das WEGWEISERECHT wird hier nicht als das Recht verstanden, jemandem den Weg zu weisen, sondern es ist das Recht, jemanden WEG zu weisen, ihn fortzujagen. Ja, was heißt schon WEG? Es wird aber niemanden erstaunen, daß ich nach diesem Verständnis selbst die Naturschönheiten dieses Landes, das sich solchem Sprachgebrauch fügt, mißtrauisch beobachte.

3

Jetzt ergreift gerade Frederik Unsmann (OHIO) das Wort, damit es ihm, auch wenn die Gefahr gar nicht besteht, wenigstens für die Zeit seines Vortrags niemand mehr nehmen kann. (Eine Ortsbezeichnung, neben den Namen eines Vortragenden gesetzt, wirkt wie ein Spottname: Unsmann [OHIO], das ist doch zum Lachen!) Ich spotte aber nicht über Unsmann; er ist mein „Kollege“, wie man sagt, und er ist mir in unserem exklusiven Kreis der Kierkegaard-Forschung durch Kenntnisse verbunden, durch Einblicke in die kleinen und in die paar größeren Gemeinheiten, die der Zusammenhalt exklusiver Kreise verursacht und von denen umgekehrt dieser Zusammenhalt wiederum garantiert ist. Es sind nur noch wenige, die bei uns geblieben sind: Viele sind zu Hegel abgewandert, manche zu Odo Maquard, einige sind überhaupt verschwunden. Es ist wie bei den Nomaden; man grast halt verschiedene Weiden ab. Nur Männer mit starkem Charakter bleiben erhalten. Kierkegaard sagt uns: Entweder – Oder, und was immer er damit meint, Unsmann (OHIO) entwickelt gerade die Entwicklung, kanalisiert den Einfluß und interpretiert die Rezeption. Es ist dagegen nichts einzuwenden, denn der Hörer kann ohne weiteres das Gesagte seines Sinnes entledigen; er kann über die Tagungsmappe streicheln, mit seinen sensiblen Händen, und nur noch die Laute wahrnehmen, gleichsam die Wortoper, die der Redner entfacht, das Lautmalerische seiner Bemühungen. Wie trocken ist dagegen die Lektüre, die Buchstaben gehen nun schon seit vielen Jahren sang- und klanglos vor meinen Augen unter. So liebe ich die Symposien nicht nur um ihrer selbst willen, sondern auch, weil sie mir den einzigen Kontakt zu meinem Fach bieten. Ich bin sonst, wie ich hier gleich gestehen werde, auch sehr viel in anderen Angelegenheiten unterwegs, und als Reiselektüre eignet sich Kierkegaard ja überhaupt nicht: „Meine Anschauungen", sagte der große Däne, „sind flüchtige Betrachtungen eines fahrenden Scholasten, der in größter Hast durchs Leben rennt." Meine leider auch, und daher ist es für meinen Lebenslauf (er würde sonst mit mir durchgehen) wichtig, einen Ruhepunkt, nein, was sage ich: ein stabiles Fundament zu haben, von dem aus ich von mir aus die Mobilität predige, die Bewegung aller an allem vorbei, oder aller zu allem hin, oder aller von allem weg und wiederum retour. „Von der Monadologie zur Nomadologie" würde ich, wäre ich noch jung, meinen Vortrag philosophisch taufen, und ich würde ihn in seinen Grundgedanken ebenso hartnäckig variieren wie ich meinen Kierkegaard-Vortrag stets variiert habe. Ich gestehe, Variationen dieser Art sind nur noch in den geschützten Werkstätten der Akademien, in den wahren Ruhepolen des Geistes möglich. Wer sich im grellen Licht der Meinungsmärkte einen Scheinwerferkegel erobern möchte, muß mobiler sein; er muß mit Neuem überraschen, aber, und das behaupte ich, obwohl ich allen darauffolgenden Streitigkeiten aus dem Wege gehe, auch mobil entkommt man nicht der von mir bevorzugten Monotonie. Auf, auf und davon. Die Mobilen entwickeln einen Stil, er ist sozusagen das gleichbleibende Produkt ihrer Beweglichkeit; sie geben immer auf die gleiche Weise Auskunft über jeweils wechselnde Probleme, so daß plötzlich alle Probleme gleich ausschauen. Deshalb bin ich aus arbeitsökonomischen Gründen gleich für die direkte Monotonie. Ich sehe die zentrale Aufgabe der Philosophie heute in der ungeheuren Anstrengung der Menschheit, das am meisten Unnütze zum Nötigsten zu erklären. Dafür sind alle Geisteskräfte nötig, und ich zolle auch den Mobilen, mit Ausnahme der Zeitdiagnostiker, den höchsten Respekt. Die Verachtung der Philosophie ist ja nichts „als eine wiederum philosophische Attitüde ... Erklärung ihres Endes wird zu einem Geschäft, bei dessen Ausübung man sich noch einmal der Autorität und Publizität bedient, die die Philosophie selbst verleiht", eine Notiz, von der ich nicht weiß: Stammt sie von mir, oder war sie einmal gegen mich gerichtet?

4

Unsmann ist am Ende. Ich habe mir einen kleinen Auftritt gestattet: Er verließ das Podium, suchte mit seinen Blicken die Aufmerksamkeit des nächsten Konkurrenten. „Wie war ich?" fragte er beinahe haltlos. Seine Stütze, Dr. Ulrich Bär (OLDENBURG und OHIO), kam ihm zu Hilfe und sagte mit kokettem Spott: „Ich selbst hätte es nicht besser machen können." Da aber trat ich auf Unsmann zu und schüttelte ihm, kopfnickend, gleichsam als Zeichen unseres transzendentalen Einverständnisses, die Hand; es war buchstäblich ergreifend, aber ich sehe schon, wie sich die Frage stellen wird: Wer schüttelte im Beisein Bärs Unsmann nach dessen Vortrag zum Zeichen eines transzendentalen Einverständnisses die Hand? Eine Spur, aber vielleicht eine falsche? Außerdem, falls es eine richtige Spur sein sollte, wird sie kaum einer verfolgen können, denn nichts fällt schneller dem Vergessen anheim als die Momente der Aura während eines Symposions. Diese Momente jagen einander, besonders bei Kierkegaard. „Jagen" ist natürlich eine Redensart; es sollte heißen, diese Momente zerstreuen einander. Es sind zu viele Momente, nicht zu schnelle. Ein Kierkegaard-Symposion versteht es, durch sein Gewicht die Zeit zu dehnen. Ein Symposion braucht ja nur um eine Spur besser zu sein, als es leicht ist, seine Lächerlichkeit zu denunzieren. Aber ein Symposion ist immer langweilig. „Die Langeweile", sagt der große Däne, „ist die Wurzel des Übels, ist aller Laster Anfang", und ohne Zweifel ist die Langeweile „teils eine unmittelbare Genialität, teils eine erworbene Unmittelbarkeit." Außerdem ist sie höllisch, nämlich „der dämonische Pantheismus", der zum Bösen führt, wenn man sich nicht unterhält. Die Unterhaltung hebt die Langeweile (auf); daher unterhalte ich mich jetzt, mache meine Bemerkungen, unter anderem auch die, daß die Langeweile, weil sie die Zeit verlangsamt, heutzutage ein Glücksfall ist. Ich bin glücklich im Symposion: das Rascheln der Papiere, die Monotonie der Wörter, das Kontingente, das Ungreifbare der Ereignisse, wenn zwei Vortragende einander im Wortwechsel begegnen oder wenn sie, der eine zum Katheder hin, der andere vom Katheder weg, aufeinander in der Ablöse stoßen. Da steht die Zeit plötzlich still; erst langsam läuft sie wieder an, von den alten Worten Kierkegaards bewegt, die nicht fordern, daß man ihnen etwas Neues hinzufügt. Das Neue ist es natürlich, womit sich der mir am meisten verhaßte Typus des Zeitdiagnostikers wappnet/schmückt. Irgendwo auf der Welt hat man ein neues Gerät erfunden, und schon erscheint der Zeitdiagnostiker, stellt sich vor das Gerät und ruft: „Mit dieser Technologie ist von nun ab alles anders!" Er möchte mich auf die Höhe der Zeit treiben, dort ist aber nichts, außer den Einbildungen, mit denen er sein Publikum begeistert. So ein Mensch denkt, er könnte dem Vergehen der Zeit eine Geschwindigkeit ablesen, und zwar die insgeheim erwünschte. Aber mir klingt`s, was immer er auch ruft, wie eine Reklamesprache. Alles klingt nach: „Mein PC ist voll BTX-fähig. Und das ganz einfach mit Diskette und Kabel." Oder nach: „Am BTX kommt man einfach nicht vorbei. Denn moderner kann man nicht kommunizieren." Denn moderner kann man nicht kommunizieren! Wozu sollte man auch? Der Zeitdiagnostiker sieht in seiner Zukunft, die sich mittels gegenwärtiger Geräte schon ankündigt, das grundsätzlich Andere. Der Zeitdiagnostiker verkörpert jetzt schon die Zukunft, die die anderen, die ihm nicht glauben, noch überrollen wird. Er schreitet den Gerätepark ab und liest die Auspizien. Er glaubt, endlich kann er das 19. Jahrhundert, in dem Kierkegaard wirkte, „überwinden", also ein für alle Mal ausschalten. Aber bereits Ovid sagte in den „Metamorphosen" treffend: „Omnia mutantur nihil interit". Das sagt dem Zeitdiagnostiker nichts. Er weiß, seine Gedanken werden herrschen. Von Grund auf. Es fragt sich nur, warum er sie jetzt schon sklavisch anbieten muß. Die Öffentlichkeit ist ein zu kleiner Raum. Darin wimmeln zu viele Angebote, und die Anbieter wimmeln mit. Meine Antwort darauf lautet: Wahre Philosophie ist geheim; ein wahrer Philosoph nimmt alle Risiken auf sich, die man sich heutzutage mit einem Geheimnis einbrockt. Das bringt mich meinem Geständnis näher: Was ich zu gestehen habe, habe ich getan, auch aus Abscheu gegenüber der Risikolosigkeit, mit der die Philosophen heute andere mit Risiken eindecken. Auch Kierkegaard sagt „Entweder – Oder“ bloß, um es am Schluß in ein Sowohl-als-Auch umzutauschen. Aber wie soll das gehen? Sie reden von einer Wahl, die keiner hat. Das ist ihr Geschäft. Die Wirklichkeit ist jedoch eine Zwangsjacke, die sich durch Zureden nicht aufschließt. Die Wirklichkeit ist das Netz der Verordnungen und der Naturgegebenheiten, denen keiner auskommt. Man knüpft dabei selber ein paar Maschen, aber man verfängt sich darin, so daß der Ruf einiger Außenstehender, man solle sich doch frei bewegen, wie Hohn klingt; nicht anders als der Hohn, es wäre doch schön, in dieser Wirklichkeit gefangen zu sein: Theodizee! „Was die Philosophen über die Wirklichkeit sagen“, sagt der große Däne, „ist oft ebenso irreführend, wie wenn man bei einem Trödler auf einem Schilde liest: Hier wird gemangelt. Würde man mit seinem Zeug kommen, um es mangeln zu lassen, so wäre man genasführt; denn das Schild steht bloß zum Verkaufe aus.“

5

Die Philosophen sind die Schildbürger, und ich bin ein Betrüger aus einem philosophischen Grund. Bei dem Kierkegaard-Symposion in Moskau vor drei Jahren fiel mir, während eines Vortrages von Bär, plötzlich ein, daß schon zur Kinderzeit Anzeichen da waren. Unsmann schien damals in Moskau nicht sehr glücklich, weil Bär, der ein simultan übersetztes Russisch perfekt sprach, allen Beifall einstrich. Ich erklärte Bär, als wir am Abend danach in einer finnischen Sauna schwitzend saßen, es wäre dumm, von einem großen Manne der Forschung auch außerhalb seines Faches Größe zu erwarten. Im Leben sind fast alle getriebene Langweiler, besonders die, die von Berufs wegen darauf warten müssen, Professor zu werden, und in „Professor zu werden" legte ich die ganze, einmal selbst empfundene Sehnsucht. „Nichts feiger", schnaubte dagegen Bär in den Aufguß, „als Menschen grundsätzlich nicht zu mögen." Aber das ist ein Irrtum; es gehört zur Menschenliebe, von Menschen nicht zuviel zu erwarten. Die vorschnelle Erwartung ist das Sprungbrett des späteren Hasses. Zu früh nicht zu mögen, ist auch falsch, dazwischen geht es: *Der dritte Weg?* Es kam darüber zu einem Streit zwischen mir und Bär, der heute, drei Jahre später, ganz schön zynisch sein kann. Ich sagte ihm, das ist alles eine Frage des Erfolgs. Man muß unschuldig sein, um Erfolg zu haben. Der Erfolg gibt einem eine neue Unschuld. Wer aber seine Unschuld ohne Erfolg verloren hat, der ist verloren! Damals warf er mit einer Seife nach mir, auf der er dann selber ausrutschte. Für mich war das kein Sieg, denn ich teilte seine Meinung; er dachte nur, ich hätte eine andere. Aber Meinungen teilt man überhaupt nur, bis nichts mehr zum Teilen da ist. Meinungen sind keine Basis. Man kann sie haben oder vortäuschen; aber es fragt sich, ob überhaupt etwas Wesentliches (oder etwas, das wesentlich sein möchte) existiert, ohne daß man es vortäuschen könnte. Wenn es das Wesen des Wesens ist zu erscheinen, dann kann man an der Erscheinung jedes Wesen korrigieren. Als Kind, und das war der Beginn, erfand ich Wesen. Es waren erfundene Männer, mir zu Diensten. Ich fand ein Publikum, das mir die Wesen glaubte; ich schaffte Requisiten her, die ohne die Existenz der Wesen unerklärt hätten bleiben müssen. (Das Immaterielle ist nur mit Aufwand glaubhaft zu machen.) Ich telefonierte mit den Wesen über eigene Leitungen; ich führte mit ihnen wesentliche Gespräche. Meine Männer umgaben mich, und wenn sie auch nicht existierten, so halfen sie mir, gewöhnliche Grobiane in Schach zu halten. Denen jagte ich mit meinen Männern Angst ein. Sie prügelten andere. Ich herrschte über das Publikum. Von Kierkegaard können wir wissen, daß der Geist des Publikums „eine ungeheuerliche Abstraktion, ein allumfassendes Nichts" ist.

Wo nichts ist, kann man etwas hineintun. Das Publikum erwartet seine Erfüllung; es darf nicht enttäuscht werden. Wenn es aber draufkommt? Dann hat sich die Zeit gelohnt, in der man unentdeckt war. Die andere Geschichte, die mich auf die Idee gebracht hatte, ging ja schlecht aus. Ich erinnere mich an die Frau. Sie hatte auch mir erzählt, sie sei die Gattin des berühmten Tenors Peter Schreier: Dies könne sie nicht, jenes müsse sie tun. Peter verlange es von ihr. Peter sei ungeduldig, aber selten ginge er aus sich heraus. In der Garderobe könne man Peter niemals stören. Er sei so empfindlich! Die Einladung könne er nicht annehmen, es sei denn, man garantiere die strikte Einhaltung des Rauchverbots. „Stellen Sie sich vor, da sagte der Direktor zu Peter: ‚Herr Schreier ...'" Peter schone seine Stimme selten. Mit seinen Gaben sei er freizügig. „Selbstverständlich werde ich", sagte sie, „Ihre Bekanntschaft mit Peter vermitteln!" Es kam nur nie dazu; für sie gab es Peter Schreier nicht, sie war nur sein Publikum, und hätte sich doch gewünscht, bei ihm zu sein. „Im Publikum", heißt es in der Kierkegaard-Forschung, „ist der Einzelne seiner Konkretheit beraubt und selber zu Nichts geworden". Die Frau war zu Nichts geworden, als man sie abführte. Sie hatte sich Frau Kammersänger genannt, und in diesem Sinne auch Vorzüge genossen. Ihr Unternehmen scheiterte ausgerechnet daran, daß sie nicht in der Lage war, die zwei bis dreihundert versprochenen Freikarten für das große Peter Schreier-Konzert aufzutreiben. Sie hatte versucht, die Karten zu stehlen, aber der gestohlene Kartenblock bestand nur aus dem Umschlag: „Großes Peter Schreier-Konzert". (Viele der kulturellen Veranstaltungen sind leider schon ausverkauft, bevor sie überhaupt noch angekündigt wurden.) Die Frau stand mit leeren Händen vor ihren Gläubigern. Nicht eine Freikarte war zur Hand. Die Oberhand gewann eine Gruppe der Gläubiger, die sich mit ihrem Mißtrauen immer schon wichtiggemacht hatte. Der Gruppenführer stellte den Tenor zur Rede; er sprang während des „Großen Peter Schreier-Konzertes", ohne eine

Karte dafür zu besitzen, mitten in ein halbhohes C hinein, auf den Sänger zu. Er hielt dem Sänger das Bild der Frau vor. Er fragte coram publico: „Ist dies Frau Schreier?", und der Sänger verstummte. Damit war alles klar. Licht war in die Sache gebracht, Aufklärung. Aber was für ein Skandal. Der Betrug hatte ein Konzert unterbrochen, zwei Menschen wurden abgeführt, erst ein Aufklärer und dann eine Betrügerin. „Nun, Frau Schreier, wie geht es Ihnen?" fragten einige aus dem Spalier, das am Schluß „die Gerechtigkeit" hoffentlich nicht immer bildet. Ich sah der Frau die Peinlichkeit an. Sie hatte mit der Maske gleichzeitig ihr Gesicht verloren. Peinlich. Es gehört zu den peinlichsten Wunden des Menschen, wenn aufgedeckt ist, daß er mit Mühen ein anderer sein wollte als der, der er sein muß. Es war nur eine Täuschung, durch die er sich seinem Schicksal nicht fügte. Das Publikum, das ihm half, die Täuschung zu realisieren, will Rache für den Glauben, den es schenkte. Es weidet sich an der Peinlichkeit. Publikum heißt, wie es die Kierkegaard-Forschung erwiesen hat, alles Bessere, alles Herausragende zu nivellieren. Wenn aber das herausragende Besser-Sein selber auf Schein beruht, dann ist das Publikum in seinem Element: Der Schein trügt (nicht). Der Schein fällt schließlich in sich selbst zusammen. „Unser Enkel", hatte die Frau einmal ihrem Publikum gesagt, „nennt meinen Mann gar nicht Opa. Nein!" hatte die Frau ihrem Publikum gesagt. „Wissen Sie, was der kleine Valentin zu meinem Mann sagt?" Das Publikum, ein Detail erwartend, hatte ergriffen geschwiegen. „Der kleine Valentin", hatte sie, von der eigenen Frage entzündet, feurig geantwortet, „nennt meinen Mann LA-LA-LA: Peter singt doch so oft TRALALALA", und „HAHAHA" hatte die Frau, der Gattin eines Opernsängers würdig, gelacht, und einer aus dem Publikum, der Experte, hatte ihr erwidert: „Ist das nicht seltsam? Der Enkel von Herrmann Prey, übrigens auch ein kleiner Valentin, nennt seinen Opa gleichfalls LA-LA-LA." „Ja!" war ihm die Frau sofort ins Wort gefallen, als wäre es ihr erwartetes

Stichwort gewesen, „Ja! Ich sag's doch immer: Sänger haben so viel gemeinsam, davon macht sich das Publikum gar keine Vorstellung!" Ich habe früh die Peinlichkeit gesehen, aber ich begriff zugleich, Täuschung – das ist ein weites Feld für mich.

6

„Pataphysik: die imaginäre Lösung wirklicher Probleme." Mein Geständnis lautet unumwunden: Ich löse ökonomische Probleme imaginär; ich bin ein Wirtschaftsverbrecher, ein sogenannter Phantom-Kapitalist, wahrscheinlich der größte in Nordeuropa. Mein Dänisch ist etwas altmodisch, aber das merkt schon in Schweden keiner; ich bewege mich sehr frei in den Wirtschaftsgemeinschaften, in denen ich gesucht werde. Aber wer könnte in dem weltberühmten Kierkegaard-Forscher einen Wirtschaftsverbrecher vermuten? Ich bin gerne sowohl Wirtschaftsverbrecher als auch Kierkegaard-Forscher. Dennoch muß ich gestehen, daß dieser Dritte Weg hinaus aus dem Entweder-Oder in das Sowohl-als-Auch nicht die Konflikte beseitigen konnte, deretwegen ich ihn einst beschritt. Es begann, als ich endgültig begreifen mußte, daß ein Inserat in der „ZEIT" (siehe oben, Abschnitt 2, der Hrsg.) die Einseitigkeit meines Existierens nicht beheben würde. Was tun? Beim Philosophischen bleiben, aber tatsächlich etwas tun mit der Wirklichkeit: sie für mich in einen Schwebezustand bringen, in dem ihre definitorischen, festlegenden Kräfte so zum Erlahmen gebracht sind wie die Philosophen, die die Wirklichkeit mit grundlosen, aber „neuen" Ideen geprägt wissen wollen, es von ihr taxfrei behaupten. But there is no free lunch, sagen wir von der Wirtschaft. (Unsere Sprache ist Englisch, die Kenntnis einer Landessprache dient nur dem Entzücken jeweils einheimischer Geschäftspartner, und in Nordeuropa spricht man ohnedies wenig: Das Bedürfnis nach Verständigung ist durch das dort herrschende Klima, durch die den Menschen erschöpfende Unerbittlichkeit einer ungnädigen Natur auf ein vernünftiges Maß heruntergedrückt.) Es ist mein Wunsch zu bezahlen; ich verachte die Risikolosigkeit der Philosophie, keine Behauptung kostet mehr etwas. Ihre Abstraktionen definieren automatisch das Wirkliche als ein bloß Mögliches. Das ist eine Lüge, über die der große Däne in der „Nachschrift zu den Philosophischen Brocken" Bescheid gibt: „Die Abstraktion kann sich der Wirklichkeit nur so bemächtigen, daß sie dieselbe aufhebt; aber sie aufheben, heißt, sie in Möglichkeit verwandeln." Was tue ich mit der Möglichkeit? Ich verwandle sie im Betrug wiederum zurück in die Wirklichkeit, aber ohne daß sie wirklich wirklich, also von der Idiotie des Realen angesteckt wäre. Aber weil ich wirklich betrüge, ist das, was ich tue, auch nicht bloß möglich, sondern es ist „dazwischen", ein dritter Weg; übrigens ein sozialer Weg, denn man kann ihn niemals, es sei denn als Selbst-Betrüger, allein gehen. Man benötigt andere, für die man etwas Mögliches ausgedacht hat, und bringt sie dazu, es für wirklich zu halten. Sie werden Mitakteure; Mitspieler, aber es ist kein Spiel. Im Ernst heben wir zusammen die Wirklichkeit aus den Angeln, halten uns praktisch an etwas, das es gar nicht gibt. Der wahre Künstler-Philosoph ist der Betrüger; er mischt alles Mögliche so, daß es wie wirklich wirkt, dabei ist es nicht einmal wirklich möglich, ohne aber unmöglich zu sein.

7

Aber was dann, warum hat es mich nicht erlöst? Das Wirtschaftsverbrechen ist eine harte Disziplin. Es versprach Gefahren. Aber es ist nicht gefährlich. Die Gefahr – sie hätte mich, den Philosophen, von mir, den Pataökonomen unterscheiden sollen; der Betrug ist ein ehrlicher Umgang mit der Realität, er hält sie in Schwebe, aber er entzieht sich ihr nicht – wie die Philosophie, die es sich so einrichtet, daß sie das Wirkliche zum Möglichen macht. Den Betrüger kann die Wirklichkeit einholen. Er genießt keinen Schutz, er fällt unter das Strafgesetz. Ein falscher Gedanke im Betrug heißt

Gefängnis; der Betrug lehrt Denken. Wenn man erwischt wird, kommt der Augenblick der Wahrheit. Kommt er jemals in der Philosophie, sind Unsmanns Sätze jemals wahr? Sie sollen es auch nicht sein, denn es wäre Barbarbei, wenn man eine Philosophie verbietet. Einen Voltaire sperrt man nicht ein! Daß die Wirklichkeit die Philosophie nicht einholt, ist ein Gebot der Kultur. Wo Philosophen erwischt werden, geht es barbarisch zu. Doch was ist das für eine Wahrheit, die niemand verbietet und für die keiner eingesperrt werden kann? Bloß nicht erwischt zu werden ist mir zu wenig. Einen Betrüger nimmt man beim Wort, er zwingt die Leute dazu, ihre Wirklichkeiten zu ordnen. Aber als die Ordnungskräfte Frau Schreier abführten, ahnte ich es schon: Es ist auch falsch, die Kläglichkeit des Erwischten für eine Wahrheit zu halten. Ich begann (wie Frau Schreier) mit der Vorspiegelung der falschen Tatsache, jemand zu sein, der ich nicht war. Aber Vorspiegeln, Reflektieren bedeutet auch, selber ein anderer zu werden als der, der man ist: „Sieht sie in mir gleich einen Betrüger", heißt es in Kierkegaards „Tagebuch des Verführers", „so mißversteht sie mich; denn in gewöhnlichem Sinn bin ich kein Betrüger; sieht sie einen treuen Liebhaber in mir, so irrt sie sich auch." Beides muß falsch sein, und das kann es nur, wenn ich auch selbst keines von beiden bin; eine unheimliche Anstrengung, um kontrollierte Mißverständnisse hervorzubringen, und das aus dem philosophischen Grund, den überholten Zwiespalt von „wirklich" und „nicht-wirklich" kreativ zu nutzen, ihn auf einer höheren Ordnungsstufe zu überwinden, ohne aber die alte Ordnung zu liquidieren. Ein Kraftakt, bei dem man viel herumkommt, denn es ist im Grunde nur einmal möglich, diese Art der Täuschung durchzuführen: Niemand kann heute, ohne wie ein Verrückter die Umgebung zu wechseln, Frau Schreier sein, morgen Caterina Valente, übermorgen Dr. Georg Ringsgwandl, Gerhard Bronner oder Frau Dr. Kremser-Springer. Außerdem: Egal, wer man „wirklich" ist, und wer man, ohne es zu sein, „nicht-wirklich" sein möchte, man ist mit der einen falschen Identität schnell genauso bedient wie mit seiner richtigen. Die falsche Identität aufrechtzuerhalten bringt schnell gleich viel Unlust wie die wirkliche weiter zu ertragen. Außerdem: Ist die wirkliche einmal entdeckt, dann kann man kein Mißverständnis mehr kontrollieren. Man ist ein für alle Mal durchschaut, und das ist zu einfach, um wahr zu sein. Kamen mir auch meine Reisen als Kierkegaard-Forscher sehr entgegen, so konnte ich doch bald neue Orte für eine neue Performance nicht mehr erreisen. Es wuchs mir, dem Philosophen, allmählich über den Kopf. Sein, Nichts, Werden, es sah aus, als ob daraus nichts würde. Aber eines Tages las ich in den Memoiren des großen Georges Manolescu: „Mein Verstand sagte mir, daß in der heutigen Welt, wo in Politik, Handel, Industrie und Wissenschaften Intelligenz, Mut und Enschlossenheit so oft zum Ziele führten, diese Eigenschaften ebensosehr auf dem Gebiet des Verbrechens von Wert sein und zum Erfolg verhelfen müßten“. Handel und Industrie; so nahm ich mir also ein Forschungsjahr, und während ich vorgab, in das Werk von Sören Kierkegaard noch tiefer einzudringen, studierte ich in Wahrheit in England (eine Spur – aber eine, die man auch nicht so leicht verfolgen können wird) bei Michael Levi, dem großen Kriminologen, phantom capitalism und long-firm fraud. Levi, ein freundlich rundlicher, sympathisch witziger Mann, lehrte glatt: „Social control agencies may proceed upon the assumption that businessmen *are* a class of individuals among whom many criminals may be found.“ Aber, während das Gras über meine anderen, eher handgreiflichen Untaten wuchs, lernte ich von Levi sehr viel über Organisationsfragen des „white-collar crime“ und nicht weniges über den „criminal process“. Der Gelehrte hätte sich wohl nie gedacht, daß seine Theorien noch zu etwas führen könnten. Er dachte mit Sicherheit, bei ihm, dem Kopfbahnhof, wäre alles am Ende angekommen, was auf „seinem Gebiet“ überhaupt der Fall sein kann. Aber für den wahren Philosophen ist die Abstraktheit der Theorie unerträglich.

Er will Theorie *und* Praxis, auch wenn der Preis dafür nicht billig ist und es sehr viel Idealismus kostet, um die ersten Schritte im Horizont einer solchen Einheit zu tun; klänge es nicht nach primitiver Ironie, würde ich mich „praktizierender Kriminologe" nennen. Zahlungsunfähigkeit als Problemlösung, Insolvenz als Strategie – das ist im engeren Sinn mein Fach. Levis Lehrmeinung zur Ätiologie des Konkursbetrugs hat mich schon früh irritiert; sie läuft nämlich darauf hinaus, daß der Konkursbetrug gar nicht als „wirkliches" Verbrechen anerkannt ist: weder in der Familie noch in der Öffentlichkeit sei er ein Brennpunkt für die symbolische Darstellung des Schlechten. Er würde beinahe so behandelt werden wie eine sexuelle Handlung zwischen damit einverstandenen Erwachsenen! Das ist bitter und wirft ein Licht auf die schlechte kriminologische Bildung der Massen, für die ein Verbrecher abgerissene Hosen tragen muß. Wirkliches Verbrechen, so sagen wir Kriminologen, ist nach dem immer noch herrschenden Fehlurteil „eine Domäne des Lumpenproletariats". Was nützt aber ein Geheimnis, welches, einmal aufgedeckt, von niemandem für ernsthaft obszön gehalten wird?

8

Es ist jedermann klar: die Pataökonomie ist eine Sache geschwinder Mobilität. Der Philosoph, der die Dinge auch anders als ökonomisch betrachten kann, wird mir beipflichten, wenn ich sage, daß man auf meinem Gebiet, wie kaum auf einem anderen, die Erfahrung schlechter Unendlichkeit macht: die Erfahrung eines innerzeitlich Unaufhörlichen. Für wirtschaftliche Zusammenhänge ist der Sinn leider Gottes nicht allgemein ausgeprägt, aber so viel wird man doch verstehen, daß Insolvenz als Strategie, daß der Bankrott als Problemlösung ein ewiges Gründen und Auflösen von Firmen bedeutet. Man ist immer hinter etwas her, während man gleichzeitig vor etwas anderem flüchtet. Ist das riskant, kann einen die Realität dabei einholen und endlich stillstellen?

Die Konkursmassen umfluten mich in meinen Träumen. Manchmal sitze ich in der finnischen Sauna einer fremden Stadt: Dicke Männer und Frauen; in diesen Augenblicken halten sie ihre Häßlichkeit für eine Gegebenheit, mit der jeder im Raum zurechtkommen muß. Einer riecht an seinem Körper, ob es Schweiß ist oder nur verdampfendes Wasser an der Haut. Ich flüchte in den Liegeraum. Beim Abtrocknen winkt dort ein Mann unwillkürlich mit seinem Geschlechtsteil; das Handtuch wirbelt es hervor, aber es verschwindet gleich darauf wieder, niedergeschlagen unter dem Schürzenbauch. Eine Eingehüllte auf der Liege bekommt plötzlich einen Hustenanfall. Es schüttelt sie so durch, daß auf einmal etwas herauskommt: ein riesiger Furz, erst quiekend und kläglich, dann aber wie ein Feuerwerk krachend. Das sind Momente der Peinlichkeit. Ecce homo. Nein, ich glaube nicht, daß mich eines Tages die Wirklichkeit einholt. Man verflüchtigt sich selbst in den richtig verschachtelten Geschäften. Man wird nicht mehr greifbar: das ist der Erfolg. Man betrügt nicht in der Absicht, erwischt zu werden, aber wenn der philosophische Grund für den Betrug das Risiko ist, dann fällt er in der Wirtschaft leichter weg: es ist ab einem gewissen Grad nicht mehr riskant, es erreicht die Grenze der Legalität. Ich habe den Absolutismus der Wirklichkeit ausgerechnet auf dem Gebiet gebrochen, auf dem ich ihn herausfordern wollte. Ein seltsames Gefühl, durch solche Balancen von Recht und Unrecht, durch Vernichtungen und Verschiebungen von Werten, durch Transferierungen von Aktiva und Passiva zwischen den Betrieben und den Betriebseinheiten, durch echte und durch die schönen Scheingeschäfte vielleicht selber unwirklich geworden zu sein. Die Arbeit mit den Strohmännern und das Niemals-selbst-in-Erscheinung-Treten macht Spaß, aber es färbt ab: Eines Tages decken die Tarnfarben die Existenz zu; um sie geht es aber dem Existierenden: „Dem Existierenden ist das Existieren das höchste Interesse, und die Interessiertheit am Existieren die Wirklichkeit." Das Symposion neigt sich keinem Ende zu. Man fährt fort und kommt niemals an. „Somit“, so Leibniz, „wird und soll unser Glück niemals in einem vollkommenen Genießen bestehen, bei dem nichts mehr zu wünschen übrigbliebe und das unseren Geist abstumpfen würde, sondern in einem immerwährenden Fortschritt zu neuen Freuden und neuen Vollkommenheiten.“ Der Tod ist das Entscheidende, aber bis dahin ist man der Exponent seiner Lebenskrisen. Alle Wege verlieren sich einmal in der Dämmerung. Aber jetzt ist Zeit. Ich werde aufstehen, ein paar Stufen zum Podium hinuntergehen und sagen, was ich über Kierkegaard immer schon gesagt habe.

Postscriptum

Damit ist Schluß, Schluß damit! Das letzte Wort bekommt er auf keinen Fall. Die Zeit der Arbeit an seinem Text war eine schwere Zeit. Teile davon mußten aus dem Dänischen übersetzt werden. Ohne die Hilfe eines Kollegen vom Norddeutschen Rundfunk, der so viel von seiner Zeit wie möglich im noch höheren Norden verbringt, hätte ich es nicht geschafft. Und dann das Nachschlagen und Überprüfen der Zitate!

Ich habe also meinen Auftrag erfüllt und das Thema nicht verfehlt. Aber ich hätte es gerne verfehlt. Der Auftraggeber, ein Mann, der das Zustandekommen von Schriften organisiert und der die zustandegekommenen Schriften Publikumsveranstaltungen zuführt, hat es sich zu leicht gemacht!

Er hatte mich in sein Büro bestellt, ließ mir dort Kaffee bringen und machte es sich gemütlich. Er blickte mit seinen unendlich graublauen Augen in die Leere und sprach von der Wirklichkeit. Sie sei doch heutzutage anders zu sehen, und er schüttelte den Kopf gereizt: Die Menschen versacken im Entweder-Oder. Dabei gebe es kein Entweder-Oder, nur die Fülle des Seins. Es sei daher unbedingt nötig, eine Schrift zu verfassen und sie in einer großen Veranstaltung dem Publikum zuzuführen. Die Schrift müsse „fulgurativ“ die Wahrheit erhellen.

„Fulgurativ“ – ich habe mein Leben lang nicht gewußt, was das heißt: „fulgurativ“. Ich halte „fulgurativ“ für bedeutungslos. Aber der Mann sah gerade im Fulgurativen seine Chance: Es müsse endlich klar werden, daß das Sein eine Fülle sei und stets in Bewegung. In diesem Punkte müsse man die Menschen ansprechen.

Ich saß sprachlos dem Menschen gegenüber, schüttete mir hin und wieder ungeschickt etwas Kaffee auf die braune Samthose, in der ich wie ein Jäger nach der Pirsch zu wirken vermag. „Ist das mein Leben?“ dachte ich plötzlich. An den Wänden hingen zahllose, darunter bereits verwitterte Visitkarten ehemaliger Veranstaltungen: Plakate, die einst frisch den Passanten mit der Botschaft anfielen, daß große Frauen und Männer unterwegs wären, um vor ihm aufzutreten.

Natürlich wird man das alles für einen postmodernen Einser-Schmäh halten, einschließlich des Satzes, daß man es dafür halten wird. Vielleicht habe ich auch nichts anderes herausgegeben als etwas, das es ohnedies im Übermaß gibt, nämlich eine Literarisierung akademischer Ausweglosigkeiten. „Alle Ihre Themen, lieber Mann“, hätte ich fast schon im Büro des Auftraggebers gesagt, „würde ich gerne verfehlen“, und jetzt könnte ich ihm erklären, daß alle meine Mühe darin bestand, etwas gefunden zu haben, indem ich es verfehlen wollte.

Der Auftraggeber schickte mich auf den dritten Weg. Ohne den Fund hätte ich keinen Schritt tun können. Ich bin skeptisch und denke, vielleicht wollte ich das Thema nur verfehlen, weil ich ihm nicht gewachsen war. Aber es ist mir ohnedies unmöglich, ein Thema zu verfehlen. Das untersagt mir mein Pflichtgefühl; jetzt, in diesem inoffiziellen Teil kann ich es ja sagen: Irgend etwas findet sich am Ende immer.

Ich bin mir allerdings nicht sicher. Man ist sich so selten sicher: Zum Beispiel weiß man bis heute nicht, ob der zitierte Hochstapler, der „große Manolescu“, tatsächlich geisteskrank war oder ob er bloß vor Gericht und in der Irrenanstalt den Wahnsinn simulierte.

Substanz oder Simulation? Ich glaube dem von mir herausgegebenen Text, denn er verrät etwas, was ihn glaubwürdig macht, nämlich den sonderbaren Wunsch, ein Risiko einzugehen und entdeckt zu werden. Wer würde sich die Mühe machen, und sei ein Symposion noch so langweilig, ohne ein ernsthaftes Anliegen dieser Art Seite um Seite vollzuschreiben?

Das ist ein eigener Menschenschlag, und wenn ich selbst auch kein Kierkegaard-Forscher bin, so will ich doch sagen, daß ich seit Jahren schon, als Amateur, Hemingway-Forschung betreibe. Ernest Hemingway schrieb am 29. Dezember in „The Toronto Star Weekly“ über Betrüger und Hochstapler einen sehr einfühlsamen Artikel, der mit den merkwürdigen Sätzen endet: „Denn ein seltsamer Drang in ihrem Inneren treibt sie zur Hochstapelei. Vielleicht würden sie an gebrochenem Herzen sterben, wenn sie ihre Phantasien nicht ausleben könnten.“

Hemingways Achtung vor Schuften schützt mich davor, jemanden, der einer sein will, für keinen zu halten. Freilich, wird man jetzt sagen, der Mann *ist* ein Betrüger, allerdings nicht in dem von ihm beanspruchten Sinn: Er hat bloß mich mit seinem Text hereingelegt.

Ich darf darauf aufmerksam machen, daß das auf jeden Fall falsch ist. Dabei brauche ich nicht zu leugnen: In meiner Edition des gefundenen Textes kommt unter anderem die folgende Stelle nicht vor: „Ich wollte bloß eine wegwerfende Bewegung machen, aber ich bin sicher, irgendein Dummkopf wird die Mappe *aufheben* (im dreifachen Hegelschen Sinn, ha, ha!) und ihren Inhalt veröffentlichen.“

Wäre das allein die Absicht des Schwindlers gewesen, dann hat er die Rechnung ohne den Wirt gemacht, denn selbst wenn er mich mit seiner Schrift hereingelegt hätte, so hat er mir doch zu einer Publikation verholfen, die zumindest nach Maßgabe der in erster Linie dafür Zuständigen genügend von den Ansprüchen des Themas erfüllt, um gerade hier und jetzt erschienen zu sein.

Zukunft als Neurose

Die Zukunft wird, wenn sie überhaupt eintritt, den Menschen verwandeln, ja ihn auslöschen. Der Mensch wird sich vollkommen und vernünftigerweise in die *Künstlichkeit* seiner zukünftigen Welt hineinpassen, und er wird sich selbst als ein Element dieser Künstlichkeit begreifen. Künstlich, das heißt, die Welt wird ein Artefakt sein, das keine Grenzen kennt. Alles, was dem Menschen begegnet, wird von ihm selbst gemacht sein. Die alten Pole Natur und Gesellschaft, aus deren Spannung so etwas möglich war wie „Kultur", lösen sich auf. Alles, worauf der Mensch stolz war, daß es an ihm kultiviert wäre, ist artifiziell geworden, selbst oder besonders seine Gefühle.

Die Gefühlswelt des Menschen ist künstlich. Verschiedenes ist aus ihr überhaupt verschwunden, zum Beispiel die Melancholie. Sie ist nämlich die Faszination von einer Leere, die der Mensch in sich hat. Aber das Ich und das Insich muß verschwinden, das Subjekt löst sich überhaupt auf, also kann an die Stelle der Melancholie auch keine Heiterkeit treten, aber auch keine Ironie. Wir leben im postironischen Zeitalter. Es gibt nur noch die Idyllen der Künstlichkeit.

Das Subjekt war etwas durch Selbstbesinnung Konstituiertes, das sich deshalb von seinem Außen distanzieren konnte. Jetzt aber ist das Innere total nach außen gekehrt und gänzlich im Draußen beschäftigt. Alle Erfindungen der Menschen sind ja nie allein aus einer Lebens- und Verhaltenswelt gekommen, in der man sich ihrer bloß bedient, sondern sie haben ihre Ursprungswelten verändert und den Menschen, dem sie zur Hand gingen, umerzogen. In den letzten Jahren haben sie ihn vollkommen an das gewöhnt, was außer ihm geschah. Im Anfang war der Comic strip, das stehende Bild, das eine Bewegung vortäuschte, dann kam der Film, in dem die Comics sich wirklich bewegten, und schließlich erfand man unvermeidliche Spiele, in denen der Mensch eigenhändig in die Bewegung der Comics eingreifen mußte und so am Ende selbst zur Comic-Figur wurde.

Die Radikalen haben die *Liquidation des Menschen* vorausgesagt. Die Radikalen, wenn sie nicht Opfer ihrer Gegenwart werden, sind schon immer die Funktionäre der Zukunft gewesen. „Der Mensch" ist nichts Absolutes, sondern eine Erfindung des 18. Jahrhunderts. Deshalb kann auch seine Abschaffung nicht „inhuman" sein, inhuman ist im Gegenteil das meiste, was in seinem Namen angeschafft wurde. Die Liquidation des Menschen ist seine Erlösung. Diese war früher immer im moralischen Bereich erhofft worden, man spekulierte offen über eine mögliche Einheit von Moral und Technik, aber erst seitdem der große Raum der Innerlichkeit verlassen ist, weiß man, daß nur die technische Liquidation des moralischen Bewußtseins den Menschen als Konflikt beseitigen kann.

Da früher die Jahrhunderte in einem Konkurrenzverhältnis zueinander standen, erschien schon im 19. ein Philosoph, der dem kurz zuvor erfundenen Menschen zürnte. Dieser, sagte der Philosoph, würde sich eher für ein Stück Lava auf dem Mond halten als für ein Ich. Es war ein deutscher Philosoph, von der Art, die außer etwas Schlechtes sonst nichts ausrichtet. Heute nämlich ist der Mensch schon ein Stück Lava, eine Portion aus erkaltetem Feuer, gleichgültig wofür er sich hält. Er kann sich nämlich für alles halten. Es gibt alle möglichen Bilder, in denen er sich getroffen vorkommen kann. Diese Bilder, die ein Inneres nach draußen darstellen, existieren, weil die Außenwelt die Innenwelt ist, ganz im Draußen. Die Selbstbildnisse der Menschen, die schon lange zuvor nichts anderes waren als die Vertreter von Interessen, die für sich selbst bestehen, werden jetzt eingenommen und dargeboten wie ein Stück Apfelstrudel oder eine Nußtorte. Es gibt keine Entfremdung mehr, weil es nichts gibt, von dem man sich entfremden könnte. Der freie Markt der Identitäten wird von Schwarzer Hand regiert, und es kann nichts geschehen, weil alles von selber läuft.

Die Erlösung muß also nicht mehr als moralische Lösung verstanden werden. Eine Entfremdung gibt es nicht mehr, auch keine Arbeit, denn die Arbeit wird, automatisiert, automatisch geschehen und kann sich nicht mehr vom Spiel unterscheiden, das einst die Umerziehung der Menschen ermöglicht hatte. Damit ist die *Realität* endgültig abgeschafft und als eine vollständig relative Vorstellung entlarvt. Wirkliches, die Wirklichkeit war ja der Ort, den der Mensch durch die Realisierung eines inneren Entwurfes hergestellt hatte. Dabei war er abhängig von dem schon früher hergestellten, also von der Geschichte, und der Natur, die so lange zwar en detail beherrschbar erschien, sich aber als Ganzes dem Zugriff nicht beugen wollte. Erst die technische Heilsgeschichte hat die Freiheit von alledem gebracht, und es ist der Nicht-Mensch, der, ohne es zu wissen, also unschuldig erfüllt, was frühere Jahrhunderte über den Übermenschen und dann später über den Untermenschen spekuliert haben.

Die Realität, dieser qualvolle Boden des Handelns, ist verschwunden, ist im Abgrund der Weltkommunikation versunken. Das Programm aller Welten und jedes Programm der Welt wird zu empfangen sein. Das Medium ist nicht mehr die Message, sondern das Leben selber, ja der Lebensinhalt. Deshalb müssen die Nationalsprachen und die idiosynkratischen Jargons aus dem All auf wirklich allgemeinverständliche Wort- und Bildsignale reduziert werden. Die Zukunft ist das Zeitalter des Triumphes der Allgemeinverständlichkeit, es gibt keine Fremdsprachen mehr, wenngleich nur Journalisten in der Nicht-Sprache akzentfrei vortragen können. Niemand, sieht man von den fachmännischen Maschinen ab, kann mehr ein anderes als ein allgemeinverständliches Weltbild haben, aber dieses Weltbild braucht kein ganzes, tragendes zu sein. Weil die Sendungen über so unendlich schöne Signale verfügen und weil ein Signal schöner als das andere ist, wird der Mensch in seiner Kommunikation vor allem umschalten, ständig umschalten, von einem Programm ins andere. Deshalb sieht er nichts mehr ganz, und so gelingt es ihm, seine Wahrnehmung aufs angenehmste zu fragmentieren. Das verderbliche Bedürfnis nach Totalität, das Bedürfnis danach, ein Ereignis in einem Zusammenhang zu verstehen und ihm so beizukommen, ist zugrunde gegangen. Anstelle dessen tritt eine weltumspannende Annehmlichkeit, in der alle einzelnen Ereignisse miteinander verschmelzen, wie ein Farbenrausch bei Sphärenmusik.

Der Mensch weiß alles, das heißt, er glaubt nichts, er ist vollkommen aufgeklärt, das heißt, er kennt kein Geheimnis und kein Abenteuer. Alles ist ihm gleichgültig, aber nichts ist ihm langweilig. Die Künstlichkeit wird ständig beseelt. Da das Leben, als wäre es der verwirklichte Traum Alternativer, nur aus den Augenblicken der generellen Unmittelbarkeit besteht, sind Religionen, Philosophie und Kunst *aktuell* geworden und werden daher ausschließlich von Journalisten kolportiert. Die Kunst bleibt in der Zukunft genau die der Gegenwart. Der „Chinese des Schmerzes“ von Peter Handke erscheint täglich neu, und in Lissabon findet nach einem Erdbeben stets ein alles entflammender Feuerzirkus statt.

Das Abenteuer der Dissidenz ist vollkommen in den Holismus eingeplant, es ist die langweiligste Art, sich Spannung zu besorgen. Jede Menge euphorischer Theorien herrschten ja schon früh über jede Abweichung, die sich so in ihnen befangen fand, bevor sie noch zutage treten konnte. Auch Reisen ist nicht mehr möglich. Zwar werden Menschenrassen im Sinne des holistischen Tourismus ständig verschoben, aber es ist eben unmöglich, *anders wohin* hinzukommen. Es gibt auch kein rückwärts gewandtes Abenteuer mehr, denn die Sendungen können die Geschichte vollständig zitieren, und alles, was jemals geschehen ist, ist auch schon aufgenommen. Dadurch ist die Geschichte in den Zustand der ewigen Gegenwart eingetreten, niemals wird sie sich mehr von einem Heute unterscheiden, aber auch von keiner Zukunft.

Das Ende der Zukunft ist kein paradoxer Vorfall. Es hat sich langsam und aus allem herausgebildet. Wesentlich für ihren Schluß war die Tatsache, daß die Menschen jene in den Sendungen gezeigten Gestalten aus früheren Epochen nicht mehr als tot empfinden konnten. Diese waren ja künstlich wie die Lebenden selbst. Da „das Andere“ überhaupt aus der Welt verschwunden war, verstand sich auch niemand mehr so recht auf den Unterschied von Leben und Tod. Mit den Toten konnte man ja genauso kommunizieren wie mit den Lebenden, wenn es nicht mehr ging, brauchte man nur umzuschalten. Daß man eines Tages selbst tot sein müßte, brachte niemanden in Verlegenheiten. Der Tod wurde angenommen wie ein Stück Apfelkuchen, wie eine Nußtorte oder wie im Männerleben eine Geliebte. Die Lust mit ihr ist seit damals ausschließlich auf jene Teile beschränkt, die dafür zu manipulieren sind. Die Liebe ist eine Arbeit, das heißt ein Spiel, mit dem Ziel, sich Lust einzubringen, und sonst ist sie nichts. Auch der Tod ist nichts als das Verschwinden jener Teile, die von ihm betroffen sind; irgendwie hat man noch aus der Geschichte mitbekommen, daß man oft das Ganze zerstören muß, um einen Teil zu retten.

Jeder Bürger ist selbst Politiker, daher ist Politik nicht mehr nötig. Da aber das Verhalten weder frei noch erzwungen ist, sondern beides, ist jede Praxis Sucht, also darauf ausgerichtet, das, was sie haben will, zugleich auch haben zu müssen. Nichts läßt sich daher abwenden. Wird ein Zusammenbruch kommen? Wird der Krieg kommen? *Wird die Zukunft das Nichts, das heute schon in uns steckt, verarbeiten und bis zur Vernichtung weiter ausbauen?* „Der Krieg“ ist ebenso eine Floskel wie jederzeit möglich. Weil das Andere nicht mehr existiert, kann der Mensch gegen niemanden, nur noch gegen sich selbst Krieg führen. Der Krieg ist unvorstellbar, er muß daher logisch vorbereitet werden. Da die Menschen selbst nichts sind als ein Stück Masse in der Massenproduktion, braucht die Logik auf sie keine Rücksicht zu nehmen. Deshalb kann man über alles logisch reden, vor allem über den Krieg und wie man ihn logisch gewinnen wird. Die Logik ist abstrakt und wird daher nicht im Konkreten der einzelnen Existenzen entgleisen. Sie muß sich über deren Kopf hinweg durchsetzen, also benötigt sie Köpfe, in denen sich all das schon durchgesetzt hat, Menschen eben als Elemente des Weltplans. *Die Vollendung des Artefakts, die höchste Form der Künstlichkeit ist das Nicht-Sein der Welt nach ihrer Explosion.*

Editorische Notiz

Unterschwellig handelt dieses Buch von einem Phänomen, das mir aber schon sehr auffällt, nämlich davon, daß die Zeit vergeht. Ich halte es für nötig hinzuzufügen, daß der Text „Zukunft als Neurose“ zum geringsten Teil meine Meinungen über die Zukunft ausdrückt; er ist – so wie der Text über die Geschichte, also wie der II. Teil von „Das MG 42 in der Geschichte“ – vielmehr ein ernsthaftes Spiel mit den Phantasien, die man sich über Zukunft und Geschichte machen kann. Diese Phantasien haben etwas schillernd Merkwürdiges, ja etwas Krankhaftes, falls sie nur halbwegs realistisch sind. „Zukunft als Neurose“ ist seinerzeit im „ÖH-Express“ erschienen, in der Nummer 68 im Dezember 1983, als die Zeitschrift noch zum „Falter“-Konzern gehörte. Ebenfalls im „ÖH-Express“ ist der Text über das „MG 42“ erschienen, es muß ungefähr zur gleichen Zeit gewesen sein, da ja der „Falter“ für diese Zeitschrift nur kurz, bevor sie eingestellt wurde, sorgte. Wann genau und in welchem Heft „MG 42“ erschienen ist, ließ sich nicht mehr feststellen; es ist aber auch egal. Dafür ist der Text über die Geschichte hier zum ersten Mal veröffentlicht.

Wie sehr die Zeit vergeht, entnehme ich vor allem meiner Arbeit über die Grazer Autorenversammlung; „Beschreibung eines Wunsches“ wurde 1985 geschrieben und erschien 1986 in einer Aufsatzsammlung des Österreichischen Bundesverlages, die den anspruchsvollen Titel „Zeit ohne Manifeste“ trägt. Nach Meinung der Herausgeber sollen die siebziger Jahre die Zeit ohne Manifeste gewesen sein. Mir sind inzwischen alle Motive, die mich zu irgend etwas über die Grazer Autorenversammlung bewegen könnten, abhanden gekommen; ich würde auch derzeit, da Österreich sich anschickt, in europäischen Wirtschaftsräumen blind herumzutappen, vorsichtiger mit dem Begriff der Enge sein, wenngleich ich meine, daß es wiederum die ganz Engen, die ganz Beschränkten sind, die aus Panik das Weite suchen und die für einen EG-Beitritt den letzten Rest an Souveränität aufgeben würden. Die Formel „Beitreten und Gleichbleiben“ ist wohl die hübscheste Lüge, die die österreichische Politik nach 1945 bereithält.

„Beschreibung eines Wunsches“ habe ich in diese Sammlung wegen der Passagen über die Enttäuschung aufgenommen. Der benachbarte Aufsatz „O mein Papa!“, eine Studie nicht zuletzt über den patriarchalischen Charakter des Kulturbetriebes, war bisher unveröffentlicht, ganz im Unterschied zu dem Traktat über das Talent; es erschien 1988 im WESPENNEST Nr. 71. 1990 erschien in der „Herbstschrift“ des Droschl Verlags „Am dritten Holzweg“. Viel früher hingegen, nämlich 1986, und in dem Ausstellungskatalog „Wien Fluß“ wurde meine Betrachtung des Wiener Klimas zum „Jahreswechsel 76“ veröffentlicht.

Zu den bisher unveröffentlichten Arbeiten gehören auch „Reges Phantasieren“, „Antikes Kino“, „Ballad“ und „Gedanke“.